Apocalipsis cotidianos

Noa Alarcón

GRUPO NELSON
Una división de Thomas Nelson Publishers
Desde 1798

ediciones noufront

A los que se equivocaron.

Y a Dani, siempre, por supuesto.

Apocalipsis Cotidianos

1ª Edición 2010
2ª Edición 2011

Publicado en Nashville, Tennessee, Estados Unidos de América.
Grupo Nelson, Inc. es una subsidiaria que pertenece completamente a Thomas Nelson, Inc. Grupo Nelson es una marca registrada de Thomas Nelson, Inc. www.gruponelson.com

Ediciones Noufront
Ctra. del Pla de Sta. María, 285 nave 9 (polígono industrial de Valls)
43800 VALLS - Tarragona (España)
Tel. 977 606 584
info@edicionesnoufront.com / www.edicionesnoufront.com

Diseño de cubierta e interior: produccioneditorial.com

Depósito Legal:
ISBN: 978-84-92726-58-5

Impreso en Estados Unidos de América

ÍNDICE

ESTE LIBRO COMIENZA CON UN PRÓLOGO

Se trata del primer relato, *Apocalipsis Cotidianos*. La puerta de entrada a un mundo de gravedad y antimateria. No un lugar futuro, sino uno que acontece aquí y ahora, mientras sujetas este libro. Un lugar en el que ya has estado. En el primer cuento, una especie de Bartleby superviviente a la era nuclear irrumpe en casa a medianoche, para evidenciar nuestra condición y nuestra tendencia a poner un velo frondoso cuando no nos conviene afrontar los temas espinosos. Se nos da bien desempolvar el disfraz de políticamente correctos, e interpretar el papel a voluntad. Pero lo cierto es que si dejamos bajo la cama aquellas cuestiones personales como las creencias, los miedos y los fallos tontos, sólo podremos hablar de economía, política y fútbol: Cotidiano Apocalipsis bien vestido, bien perfumado... uñas y huesos limpios, de los que hay que desconfiar.

Pero no es lo único que ocurre entre las páginas de este libro. Roald Dahl sucumbiendo a un Gramatizador Automático. Godot apareciendo. Apocalipsis de Ezequiel. Kafka contando a Josef K. el motivo de su arresto. Borges jugando a la petanca, mirando insistentemente la hora. Lewis Carroll perseguido por osos de gominola de treinta metros. Un Escher asimétrico, repitiéndose hasta el infinito, como la serie de serigrafía por un Warhol trasnochado. Cuando se desvanece nuestra seguridad, y todo lo que creíamos seguro ya no nos tranquiliza, es porque estamos de viaje a Patmos. Y todos somos turistas allí.

«Los sueños: estelas
Fósiles
Coloreadas con la paleta
Del apocalipsis»
(*Los neochilenos*, Roberto Bolaño)

Noa Alarcón es una de esas personas que recuerdan con frecuencia lo que ha soñado durante la noche y reflexionan sobre ello. Pero no se limita a fundir realidad y subconsciente. Al contrario de lo que ocurre con la gente de su generación, que ha crecido y se ha educado con una saturación de imágenes de todo tipo, Noa logra encontrar un cierto sentido a esas imágenes que le asaltan. Las agrupa, forma una teselación con ellas, y a ver qué pasa. El peligro de estar cada día envuelto en una delación de Apocalipsis es parte de la ecuación. Atreverse a imaginar las consecuencias es como tratar de frenar los propósitos de Wallace, el protagonista de *El Viajero*: un esfuerzo estéril. Pues si algo tiene de malo lo cotidiano, es que nos envuelve y nos arrastra sin que nos demos cuenta de ello.

Igualmente estéril es preguntar a la autora el motivo o la moraleja de sus historias de fin del mundo. Cita a Beckett: «Que respondan los críticos». Cita a Will Ferguson: «El fin del mundo, tal como hoy lo conocemos, está en un libro de autoayuda que dé resultado». Puede que esto nos resulte demasiado literario, pero el caos vive en la literatura: el blog como nuevo género, la desaparición del oficio de editor, la necesidad constante de añadir a la profesión de la escritura una consideración adicional, el escritor como agente comercial, un buen escritor hablando con su obra todos los días sin llegar a demasiadas conclusiones… no, la verdad es que esto último no forma parte del apocalipsis.

Así que quizá tengamos que estar atentos nosotros mismos a estas señales antes del fin, que viven en nuestros errores diarios.

Quizá necesitemos un prólogo para este prólogo.

Quizá por eso este libro es absolutamente necesario.

DANIEL JÁNDULA

Apocalipsis cotidianos

El viernes 30 de noviembre, siendo de hecho ya el 1 de diciembre, a las 3:07 de la madrugada, entre estornudos y una tos insoportable, me levanté de mi letargo y fui a la cocina a coger un vaso de agua. La casa estaba a oscuras y en silencio, como cualquier velada corriente, con mis padres y mi hermana descansando tras sus puertas. Mi hermana roncaba. A excepción de la lamparita de la mesilla de noche y el ronroneo del motor de mi ordenador, no había nada más que oscuridad. Me había vuelto a quedar dormido en el ínterin de una descarga, mal doblado sobre la silla del escritorio, entre mocos, sudores y pañuelos usados.

Aquella primera noche de todas tenía tantísima sed como el resto de las noches anteriores, cuando me despertaba de madrugada en una convulsión de angustia: soñaba que bebía y bebía sin descanso y que nunca dejaba de tener sed. Que abría grifos de agua imbebible. Me despertaba con esa sensación de urgencia, y aún medio dormido iba a la cocina y abría el grifo, dejaba que corriera el agua fresca, y en la duermevela me sorprendía la rapidez con la que mi sed *real* desaparecía al primer vaso. Aquella primera noche de todas también bebí con desesperación y parte del agua resbaló por mi cara y mi pijama y cayó al suelo.

Cogí a tientas uno de los paños de la cocina que mi madre dejaba junto al fregadero y me agaché a limpiar lo que se había caído. Entonces, de cuclillas y a oscuras en el suelo de la cocina, fue cuando lo escuché por primera vez. Al otro lado del pasillo, tras la puerta de la entrada, un pequeño ruido, como un pequeño gorgoteo. Ni tan siquiera algo audible, tan solo una intuición. Y silencio. Y otra vez el gorgoteo, como un desagüe viejo.

Hasta nuestro descansillo, en la tercera planta, subía un ascensor relativamente moderno incrustado en una escalera tortuosa y decimonónica. A estas alturas de mi vida, habiendo nacido en aquella casa, conocía consciente e inconscientemente todos los ruidos de aquel viejo edificio, excepto aquel. En cada uno de los descansillos alguien, con pocas ganas de vivir, muchos años atrás, había colocado un fluorescente triste y desganado que emanaba una luz blanca y dolorosamente eléctrica.

Podían ser los nuevos vecinos, una pareja de recién casados que se había mudado al piso de enfrente hacía pocos meses. Les gustaba salir de fiesta y regresar a las tantas, restregándonos en nuestras narices su feliz independencia. Mi madre les odiaba en secreto y cuando les oía llegar, se acercaba a la mirilla y les observaba.

Yo me levanté del suelo, me acerqué a la mirilla, y observé.

Allí había un hombre. Bajo la luz del fluorescente, un hombre, uno solo, quieto, inmóvil, con los brazos caídos mirando fijamente la puerta de mi casa. Eran las tres de la mañana y había un hombre mirando fijamente la puerta de mi casa. Le podía ver con toda la claridad de aquella noche.

Deseé estar dormido. O muerto. O alucinado. Di un traspié alejándome de la puerta y fui a tumbos hasta mi habitación. Cerré la puerta detrás de mí y caí de espaldas sobre la cama. Me recogí, cerré los ojos. Me temblaba el pulso, y me quedé dormido.

El sábado 1 de diciembre, a las 9:38 de la mañana, me despertó la luz fría que entraba y acampaba por mi habitación. Los inviernos se avecinan inclementes y sin misericordia. Me había quedado dormido con la lámpara y el ordenador encendidos, y me levanté corriendo a apagarlos antes de que mi madre se diera cuenta y me echara la bronca del siglo por pretender prenderle fuego a la casa. No sé por qué mi madre piensa que una lámpara encendida puede salir ardiendo en mitad de la noche, pero es mejor no llevarle la contraria.

Mientras me desperezaba, me di cuenta de que me molestaba un paño de cocina en la mano. Y de repente el peso del mundo cayó sobre mí.

Era sábado. Mi casa tendría que estar llena de gente. Mi padre tendría que haberse marchado a trabajar. Y sin embargo no se escuchaba nada de lo esperado allí afuera. Ningún ruido. Mis oídos estaban acolchados.

Como un fantasma salí de mi cuarto y me dirigí a la cocina dando pasos pequeños y cautos. Mi madre se estaba tomando unas galletas remojadas en el café con leche y mi hermana sollozaba, allí, sentada frente a su taza. Me quedé mirándolas en el umbral de la puerta.

—Carlos, hijo, ¿qué haces con un paño de cocina? –dijo mi madre.

—¿Por qué llora Paula? –dije.

—Ah, eso –mi madre le quitó importancia–... El Alejandro, que ha vuelto a dejarla.

—¿Otra vez? –pregunté yo.

—¡No, otra vez no! –gritó mi hermana entre sollozos– ¡Esta vez es para siempre!

—Sí, mi amor –se quejó mi madre–, como todas las otras veces.

—¡Vosotros no lo entendéis! ¡Es el amor de mi vida!

Y se largó de la cocina dándome un empujón. Y mi madre me miró y me dijo:

—Carlos, hijo, ¿qué tal tu resfriado? ¿Estás bien?

No lo sabía.

La existencia de la puerta de la entrada detrás de mí me daba repelús, pero no sabía qué decir, ni qué hacer. Mi madre no parecía alterada por nada, aunque siempre había sido difícil alterarla, y después de la escenita de mi hermana seguía remojando sus galletas, una a una, en el café, como si todo en este mundo fuera eterno e inmutable.

—¿Papá se fue a trabajar? –dije al fin.

—… Pues claro, como siempre.

—Y tú te levantaste después…

—… Hará una media hora o así.

—Y Paula estaba ya despierta…

—Dice que no ha pegado ojo en toda la noche.

—Pues yo anoche la escuché roncar.

—¿Tú, cuándo? No te habrás vuelto a quedar despierto hasta las tantas por culpa del maldito ordenador, ¿no?

Se me revolvían las tripas. Todo parecía normal.

—¿Vas a desayunar o también te vas a pasar hoy el día deambulando como un fantasma por la casa, Carlos?

Mi madre era implacable. Cogí una taza y le puse un poco de café, para disimular, sin azúcar. Me acerqué a la nevera y le eché leche fría. Mi madre terminó su desayuno, cogió mi paño de cocina y limpió con él la mesa. Después salió. Yo recogí algunos trozos de galleta de un paquete y los empecé a remojar en mi triste café. Y entonces, estando solo, lo volví a escuchar; y esta vez se me paró el corazón. Aquel gorgoteo inaudible atravesaba la puerta.

Un escalofrío como una descarga eléctrica me sacudió mis tripas revueltas.

Amparado por la luz del día, me levanté y me dirigí de nuevo a la mirilla. Parpadeé varias veces, me alcé y volví a mirar. Allí estaba.

Tenía el pelo oscuro e iba vestido como de otra época, con unos pantalones marrones de pana y una camisa vieja. Miraba fijamente un punto un poco más abajo del cristal de la mirilla, y lo hacía sin parpadear. No parpadeaba ni un solo segundo, y su pie izquierdo rozaba levemente nuestro felpudo.

De pronto sentí un golpe dolorosísimo en mi nuca y, desconcertado, la voz chillona de mi hermana me espetó:

—¿Qué haces ahí, tontaina? ¿Mirándole el culo a la vecinita nueva?

Ni rastro de lloros, ni rastro del amor de su vida.

Intenté quejarme, pero para cuando mis palabras estuvieron suficientemente preparadas para formar una frase coherente, enérgica y lógica y salir de mi boca, mi hermana ya me había apartado de un empujón y posó sus delicadas pupilas sobre la mirilla.

Le vi pegar un grito, echarse contra la pared y taparse la boca. Al menos no era una locura mía, al menos no me estaba volviendo loco como Alfredo, el hermano de la abuela, que decía que veía personas y oía voces en su cabeza.

—¿Qué es eso? –dijo Paula.

—No lo sé –respondí yo–. Pero anoche también estaba.

—¿Anoche? ¿Y qué hacía aquí anoche?

—Y yo qué sé.

—¿Qué quiere?

—Y yo qué sé.

—¿Lleva ahí desde cuándo? ¿Y papá no lo vio al salir?

—Paula, deja de preguntarme, no tengo ni idea.

—¿Por qué no dijiste nada, capullo? –me empujó mi hermana.

—¿Y qué iba a decir? Pensaba que me estaba volviendo loco, como el tío Alfredo.

—Eres un niñato estúpido.

—¿Qué pasa aquí? –dijo de repente mi madre detrás de nuestras cabezas susurrantes. Era inevitable, antes o después, mi madre siempre tiene conocimiento de todo lo que ocurre.

Pero no dijimos nada, no sabíamos qué decir. No había palabras coherentes.

Mi madre nos leyó las miradas y se acercó a la mirilla.

No gritó, ni se asustó. Se apartó de un salto nada más poner los ojos, como si le quemase. Se quedó allí parada, pensativa y distante unos instantes antes de volver a mirar.

Mi madre, esa señora guerrillera, muy del barrio, de esas que siempre sabe si la carnicera le está intentando timar. Mi madre, la gran heroína, levantó su poderoso vozarrón a través de la puerta.

—¡¿Quién eres tú?! ¡¿Qué quieres?!

Y silencio.

—¡Te he preguntado algo! ¡Responde!

Entonces mi madre dio un gritito ahogado y se apartó de la puerta.

—¿Qué pasa, mamá? ¿Qué pasa? –le dijo Paula. Mi madre estaba tensa, blanca, y tenía la respiración acelerada. Estaba asustada, y yo nunca la había visto asustada. Preocupada, impaciente, sí. Asustada no.

—Ha sonreído. Se me ha puesto la carne de gallina.

No nos atrevíamos a abrir. Durante las tres horas siguientes echamos todos los cerrojos y trabamos la puerta con una silla del salón, mirando cada cinco minutos a ver si seguía allí. No se había movido ni un miserable instante. No había dicho nada. Nosotros nos peleábamos y dudábamos entre llamar a mi padre o a la policía.

Traer a mi padre a casa, que cerrara la tienda o que la dejara en manos del sosainas de su ayudante, era un riesgo que solamente había que correr en caso de muerte accidental o catástrofe humanitaria. La tienda y su horario eran absolutamente inquebrantables, como cualquiera de las leyes de la termodinámica. Lo sabía porque el año pasado había estudiado Física y el profesor nos las explicó y dijo que era lo que había permitido las máquinas de vapor, que la energía puede ser intercambiada entre sistemas físicos en forma de calor o trabajo. Y el trabajo de mi padre era tan sagrado como esas leyes.

Considerando esto, en realidad nos decantábamos por hacer que un agente de la ley se presentara en nuestro descansillo. Preferíamos enfrentarnos a la furia de la policía antes que a la de nuestro padre.

Aún así, mi madre llamó a mi padre al trabajo.

—¿Qué tal, cari?... ¿Todo bien?... ¿Qué tal te has levantado?... Ya... ¿Y por lo demás, nada raro?... Eh, no, no lo pregunto por nada en especial... Bueno, tráete el pan cuando subas... No, no se lo he pedido a los chicos porque no me quiero pelear con ellos... Bueno, cari, nada, te veo luego... Adiós...

No, nada raro. Tal vez el tipo de la puerta se quitó de en medio en el rato en que mi padre se fue. ¿Y por qué volvió? Había que llamar a la policía.

Entonces, de repente, mientras mi madre descolgaba el teléfono, ocurrió.

Apenas un instante antes de que cambiase nuestra percepción del mundo y nuestras ganas de vivir, nos peleábamos por una llamada de teléfono, en total normalidad.

Escuchamos que los vecinos de enfrente, los recién casados, descorrían el cerrojo. Saldrían de casa y se encontrarían con ese hombre.

—Espera, espera... –dijo mi hermana a mi madre, ya con el auricular del teléfono en la mano; yo me adelanté y me puse en la mirilla.

El vecino de enfrente abrió la puerta de su casa, y su mujer le despidió en camisón. Se dirigió al ascensor, pulsó el botón y se quedó quieto esperando a que subiera. El hombre de nuestra puerta ni se inmutó, pero nuestro vecino actuó como si no lo hubiera visto.

Se lo narré a mi madre y a mi hermana.

—Esto no tiene sentido... –dijo mi madre descorazonada, y volvió a colgar el teléfono sin hacer la llamada.

A las dos y media, la hora en que debía llegar mi padre, seguíamos expectantes en medio del desconcierto: las camas estaban deshechas, los restos del desayuno dispersos en la cocina, no había comida, ni orden, ni certidumbre; todo era caos y miedo.

Nos pusimos en guardia, porque hasta ese momento, a excepción del turbador episodio con el vecino, no había ocurrido nada más. Y no podíamos darle explicación. Mi madre y mi hermana me preguntaban una y otra vez:

—¿Pero el vecino no hizo nada?

—No...

—¿Ni se inmutó? ¿No le miró?

—Que no... que no miró, como si allí no hubiera nada.

—No tiene sentido –sentenció mi madre negando con la cabeza.

—Lo que pasa es que este niño no se entera –sentenció también mi hermana.

Y escuchamos el ruido del ascensor poniéndose en marcha en el portal. A los pocos segundos apareció mi padre en el descansillo. Se acercó a la puerta, introdujo su llave en nuestro cerrojo, giró, empujó, la puerta se abrió y se quedó mirando a la extraña y expectante comitiva. Pero nosotros no le mirábamos a él: mirábamos el descansillo a través de la puerta abierta, y allí no había nadie.

Sin pensarlo salí corriendo y bajé dos o tres tramos de escalera de un golpe, miré por el hueco de en medio a ver si le encontraba allí abajo. Nada. Subí corriendo, a punto de vomitar el corazón, hasta el descansillo de la cuarta y de la quinta planta. Nada. Regresé a mi umbral hecho unos ciscos, por dentro y por fuera. No le había dado tiempo a irse, no era humanamente posible. Negué con la cabeza a mi familia a modo de resumen, mientras me daban punzadas bajo las costillas e intentaba recuperar la respiración, y mi padre nos miraba exasperado. Pero no sabíamos qué decirle.

Cerramos la puerta.

Al final del atónito silencio habló mi madre.

—Carlos, había un hombre.

—¿Dónde?

—En el descansillo.
—¿Cuándo, hoy?
—El niño dice que lo vio anoche, pero pensaba que estaba soñando.

En realidad no había ocurrido exactamente así, no creía que fuera un sueño, es que me cagué de miedo y huí narcotizado por el antigripal.

—No puede ser, el descansillo está vacío, María.
—Carlos, te lo juro. Lo hemos estado viendo toda la mañana por la mirilla.

Y mi padre, instintivamente, el hombre que lo arregla todo mandándolo al carajo, se acercó a la puerta y miró a través de ella.

Mi padre, blanco como los azulejos del baño, giró lentamente la cabeza, miró a mi madre y dijo en un susurro:

—Ahí hay un hombre, María.

Mi padre me hizo una señal para que vigilara la mirilla. Se puso en alerta, guardó silencio, esperó dos segundos, abrió de un golpe la puerta y salió.

Fuera, en el descansillo, mi padre no veía a nadie. Dentro, desde la mirilla, aún con la puerta abierta, el hombre ya no estaba en nuestro felpudo, sino unos pasos más atrás, y seguía mirando nuestra puerta. Pero yo no le había visto moverse. Veía a mi padre y veía al hombre, pero mi padre no veía al hombre. Y el hombre, a través de la mirilla, sonrió enseñando un colmillo.

Cuando mi padre volvió a entrar en casa desorientado, mi madre cerró la puerta de un golpe y se enfadó de repente. Empezó a soltar insultos a todos los santos del calendario camino de la cocina y siguió farfullando mientras adecentaba la mesa y empezaba a preparar un poco de pasta para el almuerzo. Mi hermana se echó detrás de la puerta, se sentó en el suelo, y se allí quedó inmóvil, mirando al vacío, casi una hora. Y mi padre, también inmóvil, hizo lo propio en el sofá. Y mi madre, poseída por el espíritu del ama de casa rebelde, soltaba frases de condena y juicio mientras preparaba salsa de tomate.

Yo me fui a mi cuarto y quise buscar toda la información posible del mundo en el ordenador, pero me quedé estancado delante del teclado, observando las diminutas teclas de color marfil, cada una con su letra dibujada en negro y en mayúscula con absoluta precisión. No sabía por dónde empezar a buscar, porque no sabía qué nombre tenía aquello. Y así me quedé, hasta que mi madre, farfullando aún, sirvió la comida y nos llamó a la mesa. Esperaba con alivio e impaciencia el momento en el que se nos ocurriera la solución definitiva.

Tampoco se nos iba a ocurrir una salida consensuada, pero no me importaba, me conformaba con una cualquiera. En mi casa no había convenciones, nunca llegábamos al verdadero desacuerdo antes de que mi madre o mi padre soltaran una sentencia absoluta e irrebatible y se acabara el tema.

El año pasado, cuando hablaron de si era mejor traer a casa a la abuela para cuidarla o pagar para que estuviera en un asilo, tampoco nos dejaron opinar, a pesar de que ya éramos suficientemente mayores. Al final dio igual, mi abuela dijo que se había pasado los últimos treinta años ahorrando la pensión de viudedad y no nos la iba a dejar de herencia: ella se pagaría a alguien que viniera a su propia casa a ayudarla en el día a día hasta el día de su muerte, o hasta el día en que las pastillas o una embolia la dejaran tan grogui que ya le diera igual lo que hicieran con ella.

Nos sentamos a comer delante de los macarrones con tomate y en el momento en que mi tenedor trinchó el primer macarrón comprendí que aquel silencio iba a ser irrompible; y se comería las puertas, las ventanas y las esquinas de los pasillos. Quería empezar aquella conversación importante que nadie comenzaba y no sabía cómo. Yo había tenido pocos asuntos importantes sobre los que hablar a lo largo de mi vida, pero esos pocos ya habían sido suficientemente traumáticos. No daré detalles que me puedan dejar aun en más ridículo, porque aquella sobremesa, cuando abrí la boca, ya me sentí todo lo ridículo posible, e incluso un poco más. Dicen que la familia es el refugio más seguro del mundo.

Aun así, esperé al postre. Y tragué saliva.

—¿Qué vamos a hacer?

Los otros tres levantaron su cabeza y me miraron. Mi hermana dijo:

—¿Qué vamos a hacer con qué?

—¿Cómo que con qué? –le dije porque, hasta cierto punto, con mi hermana sí que me atrevía– Con lo que tenemos detrás de la puerta.

Y entonces mi madre intervino.

—No hay nada detrás de la puerta.

—Pero mamá... –rechisté.

—No, Carlos, tú lo has visto. Ahí no hay nada.

Ahí no había nada, nada denunciable a la policía, nada a lo que echar de nuestro descansillo. Y aquel sábado terminamos la comida en silencio, porque a mí no me gusta rechistar, y además, era imposible vistos los argumentos; pasamos la tarde en silencio. Mi madre preparó la cena y cenamos con la musiquita del telediario de fondo. Mirábamos a la nada, mirábamos nuestros platos, pero no mirábamos la mirilla. Y alguien, en el anonimato, alguno de ellos que no quería hablar del tema, le puso un trozo de esparadrapo encima.

Aquella noche no pegamos ojo. Cada uno en su cuarto, mirando las horas del sábado pasar y convertirse en mañana de domingo, sabíamos que en los otros cuartos los demás sufrían el mismo insomnio, pero era complicado romper el aislamiento e ir a buscar compañía. Por extraño que parezca, mi madre dejó la luz de su mesilla encendida toda la noche.

Y el domingo se nos hizo eterno y pastoso a este lado de la puerta. Creo que nadie se acercó demasiado, pero a las doce vi desde mi cuarto cómo mi padre se santiguaba antes de bajar a por el periódico.

Y volvió a anochecer, y volvimos a cenar en silencio con la música del telediario de fondo, y mi padre se sentó cabizbajo y ausente en el salón, y mi madre terminó de fregar en la cocina, y mi hermana se escondió en su cuarto a hablar por teléfono, y como su pared es contigua a la mía, si pegaba la oreja podía escucharla hablar. Y decía que estaba preocupada, que mañana tenía que ir a trabajar y que no quería hablar de aquello que le preocupaba. Y después se peleó con ese otro alguien y se echó a llorar, y entonces yo deduje que hablaba con Alejandro, el que la había abandonado. Y me quedé dormido con la lámpara de la mesilla y el ordenador encendidos, hecho un ovillo en mi escritorio, pegado a la pared que daba con el cuarto de mi hermana.

Y a eso de las dos de la mañana, cuando el silencio se había vuelto a extender con precisión sobre las cuatro esquinas de mi casa, me despertó un golpe seco. Y después otro, y después otro, justo en aquella pared.

Me desperté del todo porque los golpes no cesaban, arrítmicos e impenitentes. Crucé mi santuario secreto y salí al salón. Rodeé la pared y el sofá a oscuras y me acerqué a la puerta cerrada de mi hermana. Se escuchaban los golpes aún.

—¿Estás bien, Paula? –susurré, y recapacité unos instantes en la razón por la que solamente hablaba con ella cuando algo desagradable ocurría, nunca por motivos menos trascendentales, y que eso también ocurría con mi padre, y con mi madre, pero no por su mutismo, sino porque a mi madre nadie le podía hablar de tonterías. Y después pensé que debía estar ocurriendo algo serio de verdad porque no cesaban los golpes y mi hermana no contestaba.

Así que abrí su puerta. En mitad de la oscuridad, con la luz apagada de la calle entrando por la ventana abierta, mi hermana estaba sentada en su cama, echada de costado contra la pared y dándose cabezazos.

Emitía algo así como el quejido del tarareo de una canción repetitiva y tenía la mirada perdida. Me acerqué a ella y estaba helada y destapada, encendí su luz y vi que además estaba pálida. Le toqué la frente, no sé por qué, tal vez por no saber muy bien qué hacer.

—¿Qué te pasa, Paula?

—No puedo dormir…

—¿Pero por qué estás así?

—No puedo dormir, no me hacen efecto las pastillas…

Había una caja de Orfidal casi vacía de su mesilla.

—Paula, ¿cuántas te has tomado?

—No lo sé, no me hace efecto… –tomó aire– pero me cuesta respirar…

—¿Paula, te has tomado todas estas pastillas ahora?

—¿Ahora? No… –me lo dijo bastante serena–. Solamente me he tomado cuatro o cinco porque el Lexatin no me ha funcionado…

—¿Paula? ¿Te has tomado Lexatin con Orfidal?

—Es que no puedo… no puedo dormir…

Se le empezó a caer la baba. Salí corriendo a llamar a mi madre. Era complicado entrar a oscuras en el cuarto de mi madre.

—Mamá, que Paula dice que se ha tomado media caja de Lexatin y media de Orfidal y está medio en coma.

—Virgen Santa –dijo mi madre muy despierta. Dudé de si estaba realmente dormida, pero eso lo dudé más tarde. En ese momento solamente había luces que se encendían, mi padre refunfuñando, Paula al baño y mi padre se pone los pantalones encima de los pantalones del pijama, pisadas, golpes, las llaves del coche, el bolso de mi madre, Paula ha vomitado y camino del hospital, y dos segundos desapercibidos, que nadie ha visto, de tomar aire un par de veces antes de abrir la puerta de la calle y que la luz del fluorescente del descansillo inunde la casa a oscuras. Más o menos así.

Los de urgencias dijeron que lo de mi hermana no había sido para tanto, y yo dudaba de un intento de suicidio.

—No es para tanto –dijo mi madre–, le acaba de dejar su novio.

«Y lo de la puerta», fui a añadir yo, pero las palabras se volvieron arañas en mi garganta. No era un tema de conversación, pero no sé hasta qué punto el insomnio de la tragicómica de mi hermana era fruto de su bendito Alejandro.

No importaba demasiado porque aquel cóctel, igualmente, no la hubiera matado. Le recomendaron que fuera al médico de cabecera y pidiera cita para «salud mental», un eufemismo. Pero mi hermana no hizo nada de eso. Pidió la baja en el trabajo y se fue a casa a dormir. Cuando yo llegué de clase la tarde siguiente, reventado por la noche de marras, mi hermana estaba tirada en el sofá viendo la televisión, mi padre acababa de llegar del trabajo y mi madre preparaba la cena. Nada extraordinario.

Mi madre habló de mi abuela mientras cenábamos pollo y patatas fritas. Le contó a mi padre (porque con nosotros no hablaba de esas cosas aunque estuviéramos delante) que la había llamado esa mañana y que decía que se iba a ir de crucero en febrero a ver si encontraba un novio.

—Es que tendría que estar en un asilo –dijo mi padre a modo de explicación.

Y todos nos fuimos a dormir, o a intentarlo.

Eran las dos de la mañana, esta vez con la luz de la mesilla encendida pero lejos de la mesa del ordenador, cuando volvieron los golpes. Uno, dos. Silencio. Tres. Silencio. Cuatro. No me dio tiempo ni a despertarme siquiera y me levanté de un salto, en dos pasos crucé el salón y esta vez, sin llamar, abrí la puerta de la habitación de la loca de mi hermana que había intentado suicidarse con pastillas dos días seguidos. Pero se me heló la sangre cuando vi que mi hermana estaba dormidísima, y sin pastillas, porque mi madre las había requisado todas, hasta las aspirinas. Me giré a la oscuridad del salón. Volví a escuchar dos de aquellos golpes seguidos. Uno, dos. Venían de la puerta de la entrada. Uno, dos. Silencio. Tres. Trastabillé hasta mi cuarto, cerré la puerta con ira, me escondí debajo de las sábanas buscando un poco de refugio artificial. Me dormí imaginándome dentro de un búnker de hormigón.

Los días siguientes a aquellos no cambiaron mucho. Todos lo sabíamos, pero hacíamos como que vivíamos sin saberlo. A mí se me fue el hambre, a mi madre le dio por limpiar armarios, a mi padre por hacer sudokus, eso sí, en la terraza, al aire libre. Se ponía la bata y una bufanda y se escondía en el lugar de la casa más alejado de la puerta. Y volvió a fumar tabaco negro, ahora que tanto tiempo después habíamos conseguido que se pasara al rubio. El esparadrapo de la mirilla seguía ahí, pero si te fijabas, veías cómo una de las esquinas estaba un poco despegada: alguien, anónimo también, lo había levantado para echar un ojo a través. Y a través, día tras día, hora tras hora, sin inmutarse y sin mutar en absoluto, aquel hombre estaba allí presente y perpetuo, esperando a la puerta de nuestra casa.

En eso caí una de aquellas noches. Aquel hombre estaba esperando algo. Como si hubiera llamado a la puerta y esperara a que le dejásemos entrar. Nunca se iba. Evitábamos hacerlo, pero cada uno de nosotros sabíamos que en aquel trozo de esparadrapo podrían encontrar todos nuestros adeénes. Y no podíamos volver a la rutina, lo cotidiano estaba dejando de existir, cada vez iba a peor. Sí las costumbres, sí las maneras de todos los días, esas se mantenían como en un esquema sagrado. La hora a la que comíamos, el menú semanal de mi madre, los sonidos de la televisión que veía mi padre y mi hermana, pero todo estaba forzado, como una goma elástica dada de sí. Lo cotidiano había sido sustituido por un apocalipsis diario, un pequeño fin del mundo recién se despertaba el sol, recién empezaban los sonidos de la calle, los colores y los olores del invierno, todos los días comenzaba un nuevo apocalipsis a pequeña escala dentro de nuestra casa.

Yo pensaba en el hombre todo el tiempo, en cómo localizar su cara en un archivo, policial, sobrenatural, lo que fuera. Pensaba en las historias de fantasmas de las que me había reído desde siempre. Pensaba en la religión inclasificable de mi madre, que se santiguaba (y ahora lo había tomado por costumbre) cada vez que tenía que salir y cada vez que el ascensor llegaba a nuestro descansillo. Y si miraba por la mirilla, se escuchaba el tintineo inconfundible de las llaves de mi madre y en ese instante, en menos de un abrir y cerrar de ojos, el hombre se apartaba. No sabíamos si podríamos traspasarle, porque nunca estaba allí. Nunca estaba donde pudiéramos alargar una mano y tocar su cuerpo invisible.

Extraoficialmente, dormíamos mal, nos peleábamos cada vez más y mi hermana había intentado suicidarse. Oficialmente, allí no había pasado nada, seguíamos como siempre. Y yo no entendía el silencio. Era pegajoso.

Y por las noches, no se acababa aquel gorgoteo al otro lado de la puerta y los golpes repentinos. Creí entender, sin embargo, que iban a más. Aquel ruido de cañerías viejas empezó a acompañarme también cuando no estaba en la casa, en las escaleras del Metro, en los silencios entre canción y canción en mis auriculares del mp3, y sobre todo, en el momento más terrible de todos, en los lavabos de mi facultad. Mis amigos se reían de mí mientras meaba y yo no les decía nada del asunto, porque no sabía qué decir.

Pasaron las Navidades, pasó enero, y el 4 de febrero mi hermana llegó a casa a cenar con Alejandro del brazo, y a mi madre le molestó. Le daba igual que mi hermana hubiese vuelto con el tipo que le hacía la vida imposible, es que a mi madre no le gustaba tener invitados a cenar. A comer sí, si era en fin de semana, pero no un lunes. A lo que mi hermana respondió:

—Es que hemos vuelto hoy, no el sábado.

Y por supuestísimo, mi madre nos hizo pasar a disgusto al salón, puso el mantel bordado, puso la vajilla buena, refunfuñó mientras tanto, puso los cubiertos y la cristalería de las ocasiones memorables, e hizo pollo y patatas fritas, que era lo que tocaba ese día. Alejandro era un sosainas de cuidado, y viendo lo que sufría mi hermana uno esperaba al menos a Juan Tenorio. Pero no. Un poco desgarbado, cierto toque descuidado, un poco malhumorado, pero al verle comprendías que el psicótico de la pareja era mi hermana. Rubito, de pelo rizado, guapo de cara. Tenía un trabajo aburrido, y no puedo recordar nunca cuál, aunque me lo explicaba siempre que me veía, no por cortesía, sino porque nunca se acordaba de haber hablado conmigo (esa era la estima que le tenía a su cuñado) y hasta le costaba recordar mi nombre. Aún así, tuvimos una cena modesta y guardamos silencio después de que mi hermana nos explicara con todos los detalles cómo había vuelto a los brazos del amor de su vida, al que, sinceramente, parecía darle igual. Y entonces, después de tragar un trozo de flan de postre, Alejandro levantó la voz y dijo:

—¿Qué os ha pasado en la puerta? ¿Y ese esparadrapo en la mirilla?

Me sorprendió la rapidez y soltura con que mi madre contestó:

—Se reventó el cristal.

—¿En serio? –dijo Alejandro. «¿En serio?», quise decir yo– Pensaba que esas cosas no se rompían.

—Pues mira tú por dónde –dijo mi madre.

—Sí... –empezó a hablar mi hermana–, fue un día de mucho viento, dio un portazo... nada interesante.

—¿Y fue hace mucho?

—No sé... ¿hace cuánto, mamá? –preguntó mi hermana.

—Unas semanas.

—Deberían arreglarlo, si se han caído cristales puede ser peligroso.

—Alejandro, hijo –conocía ese tono de voz de mi madre–, ¿quieres un poco más de flan?

Y Alejandro volvió en sí.

—No, gracias. Está delicioso. Le ha salido muy rico, señora María.

—A mí no te creas, a los del Carrefour tal vez.

Y observé que a mi madre, la implacable, le temblaba el pulso cuando se levantó a recoger la mesa. Miré sus manos y temblaban, sin duda. Pero a nadie parecía importarle. Alejandro se quedó un rato más, estuvo charlando de coches con mi padre y después se marchó. Paula le acompañó hasta la puerta y le dio el abrigo, parecía que se iba a despedir allí.

—¿No escuchas algo al otro lado de la puerta? –dijo Alejandro.

—Vivimos en una casa vieja. Cualquier cosa –dijo mi hermana–. Mejor te acompaño abajo.

Y tardó un rato en subir, supongo que porque se estaría despidiendo.

Aquella noche regresó la madrugada, como todas las anteriores, con el silencio, la oscuridad, la alevosía. Pasadas las doce la televisión se encendió. La escuché desde mi cuarto, uno de esos programas estúpidos de madrugada. Podría charlar con quien fuera que se hubiera levantado insomne. Alguien se reía en la madrugada de mi salón, y sin embargo, no había nadie viendo la televisión. Era tan siniestro todo lleno de luz azul. Mi hermana apareció detrás de mí.

—Habrá sido el temporizador que se ha activado solo –dijo adormilada.

Y se marchó otra vez a su cuarto.

La noche siguiente vi por debajo de mi puerta que se encendía la luz del salón. Salí y allí en medio, mirando el interruptor, estaba mi padre somnoliento.

—¿Qué ocurre? –le dije.

—¿Has encendido tú la luz?

—No. ¿No has sido tú?

—No, yo me he levantado a apagarla.

Apagamos la luz y cada uno volvió detrás de su puerta. Y diez minutos después, cuando habíamos conseguido volver a acomodarnos, la luz volvió a encenderse. Mi padre y yo volvimos a salir al salón, y volvimos a mirarnos. Esperaba algo de su parte. Esperaba una confesión, que dijera que estaba harto de aquello y así yo también podría admitirlo, y desahogarnos de una vez, en el sentido literal, el de dejar de ahogarnos. Pero él apagó la luz, me dijo buenas noches y volvió a meterse a su cuarto. Y yo me quedé a oscuras en ese lugar tenebroso.

A la noche siguiente me desperté sobresaltado porque escuchaba llamar a la puerta. Escuchaba golpes, no como los de la noche siguiente al suceso de mi hermana, sino como si alguien golpeara la puerta esperando una respuesta. Se me ponían los pelos de punta, y me encerraba aún más bajo mi luz, mi ordenador y mi insomnio. Nadie se despertaba, y parecía que solamente yo podía oírlo. Volví a pensar que me volvía loco, que la esquizofrenia me comía el cerebro mientras yo intentaba dormir un poco. Aprendí a apreciar el maravilloso invento de la siesta para poder sobrevivir.

Unas cuantas noches después, cerca de las dos de la mañana, todos los grifos de la casa se abrieron de golpe y a la vez. Mi madre se levantó corriendo, oí sus pasos por el salón. Y después, apagó las luces y volvió a su cama. Diez minutos después, como siempre, los grifos volvieron a abrirse todos a la vez. Esta vez se levantaron los dos, rumiando furia, furia que venía del miedo, ese miedo que les estaba devorando vivos y del que no hablaban. Volvieron a acostarse. Diez minutos después, exactos, con todos sus segundos, los grifos volvieron a abrirse de golpe. Escuchaba el ruido desde mi cama, intentando taparme los oídos. Mis padres decidieron solucionarlo cortando la llave de paso.

Les oí hablar:

—He vuelto a escuchar el sonido, Carlos, el de la puerta.

Mi madre también lo oía, a escondidas y con miedo, pero era una buena noticia porque la esquizofrenia no me comía el cerebro, o al menos no lo hacía a mí solo y empezaba a convencerme de que aquello era una cuestión familiar y entonces, tal vez, podríamos solucionarlo.

Así siguió, semana tras semana. Empezaron a ocurrir urgencias de esas casi todas las noches. Los grifos, las luces. En cierta ocasión el jarrón de porcelana de la entrada, junto a la puerta, se estampó solo contra el suelo y se hizo polvo blanco y concéntrico allí abajo. La televisión y el equipo de música se encendían solos a todo volumen. Eran las tres y media de la mañana. Casi siempre eran las tres de la mañana, casi siempre esperaba a que estuviéramos dormidos.

Mi padre enfermó. Los médicos dijeron que tenía mucho estrés acumulado, que le vendrían bien unas vacaciones, y mis padres se rieron en su cara. Mi padre no iba a tomarse unas vacaciones en invierno. Mi madre, dijo, no iba a dejar aquella casa bajo ninguna circunstancia, aunque les costara la salud, y aquella fue la única declaración que pudimos escuchar que hablara del único tema posible en mi casa, de la única razón que nos mantenía despiertos e histéricos: de la innombrable presencia de aquel hombre tras la puerta.

Por supuesto que allí seguía. Ahora sonreía con más frecuencia, algo debía hacerle gracia.

En abril los días empezaron a hacerse un poco más largos, tan sólo un poco, pero ya era un alivio, porque no había momento más terrible en el día que el del apagón total de la luz purificadora del sol. Y como el sol, Andrea llegó a nuestras vidas. Andrea llegó, más bien, a la mía, porque no conseguí que entrara a la de nadie más de mi familia.

Al principio no fue nada en absoluto: era la hermana mayor de uno de mis amigos, dos años mayor que nosotros, estaba terminando Odontología. Yo me empecé a reír de ella porque le decía que era una carrera aún más estúpida que Filología. Ella me decía que se lo dijera dentro de unos años cuando fuera una dentista rica y famosa. Yo le dije que no había dentistas famosos a no ser que fueran asesinos, y le preguntaba si es que pretendía asesinar a sus pacientes. Ella me decía que solamente asesinaría a los que no les pagaran las facturas, y yo le contestaba que entonces o se haría rica o se haría famosa, pero las dos cosas juntas iba a ser difícil. Y ella me decía que me lo echaría en cara en su momento. Yo le preguntaba si me echaría en cara su dinero o su fama y ella me decía si me quedaba a esperar a ver qué pasaba, que me lo diría. Y yo le decía que me quedaría encantado a esperar, y me senté a su lado en el sofá, y ella me preguntó que por qué me sentaba, y yo le dije que me sentaba a esperar a que se volviera una dentista rica y famosa. Una cosa por otra, sus besos empezaron a volverme loco.

Por asombroso que parezca, los días que pasaba con Andrea podía dormir las noches enteras. Tal vez a nuestro visitante mi alegría no le sentara bien. A mí la suya tampoco, estábamos empatados. Pensé que sería una buena idea llevarla a cenar a mi casa, y no sé por qué, tal vez como remedio a nuestra pesadilla.

Se lo pregunté a mi madre, y me dijo que a comer, y el sábado. Andrea llegó preciosa y con su perfecta sonrisa blanqueada. Mi madre puso en el salón el mantel de honor, la cubertería buena y la vajilla de gala. Y preparó macarrones con tomate, lo que solemos comer los sábados. Y comimos en otro modesto silencio, pero esta vez yo no comenté a la concurrencia cómo había conocido a Andrea, porque yo no era tan charlatán como mi hermana. En realidad no me gustaba nada hablar con mi familia, me sentía incómodo. Terminamos de comer y decidí acompañarla a su casa. Tenía que estudiar.

Antes de dejarla en su portal, me paró un momento y me preguntó distraída:

—¿Qué le pasa a la mirilla de tu puerta? Tenéis la casa impoluta pero hay un trozo de esparadrapo pegado ahí.

Se me encogió el alma, como lavada en agua fría.

—No quieras preguntar... –susurré.

—¿Por qué no?

—Llevaría mucho tiempo.

Se me debió de ver en la cara la expresión de dolor, la que me oprimía el estómago y me lo retorcía sin piedad. Sin decirme nada, amparados por el escudo protector del soportal de su casa, me abrazó tan tiernamente que allí, entre su pelo rizado que olía a coco y limón, extraña mezcla, no pude evitar echarme a llorar, por primera vez de todas. Y lloré un poco más mientras ella me secaba las lágrimas en sus manos. Me llevó a un pequeño parque que había detrás de su casa y nos sentamos en un banco de madera fría. Y me lo sacó todo. Intenté explicárselo con calma y naturalidad, pero la historia era imposible. Ella tenía miedo. Y yo aún más.

—Es como vivir un fin del mundo cada día y tenerte que acostumbrar –le dije al final.

—Pero no puede ser así, Carlos. Tienes que hablarlo con tus padres, no podéis ignorarlo más.

—Pero no... ellos lo intentan.

—No pueden luchar solos. Ni tú.

—¿Me crees? ¿No te vas a ir creyendo que estoy peor que los tíos del centro de San Andrés? –era una especie de albergue para toxicómanos que había en el barrio.

—No –y sonrió como una diosa–, porque tú no te drogas, ¿verdad?

—No... pero sí tú puedes recetarme algo no me importaría. Requisaron todas las pastillas en mi casa desde lo de mi hermana y no queda ni un triste paracetamol, ni un ibuprofeno. No hay ni valerianas para dormir mejor.

—Tendrás que esperar a que me licencie.

—No podré esperar tanto.

—Entonces tendréis que arreglarlo.

Ya no era cuestión de entereza ni de cabezonería, sino de que los sucesos extraordinarios no podían acabarse con soluciones comunes. Andrea se confesó totalmente inexperta, pero inusualmente comprensiva. Un par de días después quiso venir a mi casa y se empeñó tanto, tantísimo... Casi lloré para que no lo hiciera, pero descorrió el esparadrapo de la mirilla y miró unos segundos a través. La miré pálido a los ojos, y ella estaba pálida también. Me asintió con la cabeza, y eso fue todo lo que necesité saber.

Aquella noche, que era martes, nos esperaba pollo y patatas de cena, me preparé para tener la primera conversación seria de toda mi vida. Habíamos pasado un invierno terrible, me repetía entre el cuchillo y el tenedor, un invierno terrible, entre sorbo y sorbo de agua. Miraba fijamente cómo mi pollo, en mi plato, perdía consistencia en la realidad justo los segundos antes de que me lanzara a hablar.

—Hemos pasado un invierno terrible... –dije en un susurro. Lo tenía planeado.

—¿Qué? –dijo mi madre.

—Hemos pasado un invierto terrible, tal vez sería hora de pedir ayuda.

—¿De qué estás hablando? –insistió mi madre.

—Del hombre de la puerta, mamá.

Mi madre se levantó de la mesa renegando. Mi padre me miraba sin decir nada. Mi hermana se declaró portavoz.

—Ah, no, de este tema no pienso hablar –dijo Paula.

—¿Por qué no? No pegamos ojo, estamos irritados, cansados, y hartos. No podemos seguir así.

—Estamos cansados y hartos porque la vida es difícil, niñato –me decía Paula. Mi madre nos miraba y farfullaba.

—No, se nos encienden las luces y los grifos, de repente hace frío en el salón, hay golpes en la puerta... y el sonidito ese...

—¡¿Cuál?!

—¡Ese, el de la puerta! ¡No lo oyes! ¡Lo oye todo el mundo en esta casa! Como una cañería rota, como un desagüe viejo...

—¡Vivimos en una casa antigua!

—No, Paula, deja de buscarle excusas, no las tiene. Esto no ocurre en ninguna otra familia. Esto no es normal.

—Esto es lo que hay –sentenció mi madre–, y punto.

—Pero podría no ser así.

—Pero lo es.

—Podríamos pedir ayuda.

—¡Já!
—¡Já!

Rieron a la vez mi madre y mi hermana, una risa dolorida y terrible.

—¿A quién? –dijo mi madre.

—A los cazafantasmas –se rió mi hermana.

—Menuda tontería –dijo mi madre.

—No lo es –me quejé.

—No pienso meter a ningún loco en esta casa.

—Querrás decir a ningún loco «más», porque aquí estamos todos desquiciados ya.

—¡Ya está bien, Carlos! –gritó mi madre–. Desde que sales con esa chica estás insoportable.

—¡¿Pero de qué estás hablando?!

—Seguro que ella, con su carita de ángel y su sonrisita de niña buena, te ha metido todas esas ideas estúpidas en la cabeza.

—Bueno, hablé con ella, pero no…

—¡¿Ves?! ¿Y por qué vas por ahí, estúpido, hablando de nuestras intimidades con desconocidos?

—Mamá –bajé la voz–. Ella no es una desconocida, es mi novia.

—¿Y no es un poco mayor para ti?

—¿Qué vamos a hacer? –insistí. Quería una respuesta, por todo lo que más quisieran, quería obligarles a tomar una decisión, a romper esa rutina maldita.

—¿Qué… vamos… a hacer… con qué…? –insistió mi hermana repitiendo despacio todas las palabras para que yo me diese cuenta.

Me levanté, recogí mi plato aunque aún tenía hambre, lo dejé en el fregadero y me fui de la cocina. Me metí en mi cuarto y me eché en la cama. No tenía ganas siquiera de llamar a Andrea. Escuchaba al resto de mi familia cuchichear contra mí y contra mi novia en la cocina, yéndose totalmente del tema, como burros ciegos evitando lo importante. Mi madre y mi hermana, para no hablarse demasiado, parecían estar asombrosamente de acuerdo en todo. Mi padre estaba mudo y yo sabía que eso quería decir que le parecía suficiente con la opinión de mi madre, a quien tampoco rechistaba nunca. Yo estaba escondido y humillado. Tenía que irme de aquella casa o me consumiría dentro de sus esquinas, pero no tenía medios para hacerlo. Tenía miedo y una carrera a medias. Tenía hambre, cansancio acumulado y miedo. Tenía una familia estúpida.

Me quedé dormido con la ropa puesta y sobre la cama sin abrir. La luz de mi mesilla estaba encendida y a eso de las tres menos cuarto me pareció que temblaba, y me desperté. Me desperté sobresaltado, como ya no sabía despertarme de otra manera. Afuera de mi cuarto no había luz, todo estaba a oscuras y en silencio.

No, en silencio no.

Esta vez fue un sonido familiar, terriblemente familiar. Conocía aquel ruido como el ruido de mi propia respiración. Escuché cómo los pestillos de la puerta de la entrada se abrían desde fuera, como cuando alguien introduce una llave. Escuché los tres clics, y el cuarto, el último, del pomo. Escuché los goznes de la puerta abrirse y chirriar, primero un poco, después un poco más, y un segundo de silencio, y después volver a chirriar mientras se cerraban. Y clac, la puerta se cerró con un golpe tan fuerte que escuché a mi madre, desde su habitación, gritar:

—¡¿Quién anda ahí?!

Y el ruido que ella y mi padre hacen cuando se levantan de la cama. Y los muelles de la cama de mi hermana cuando ella se levanta. Y yo, con el corazón en un puño, también me levanté.

El salón, de noche, a oscuras, conservaba el color ámbar de las farolas de la calle a través de las ventanas. Los cuatro estábamos allí, de pie sobre nuestras puertas.

El hombre había entrado en casa y ahora le veíamos con los ojos descubiertos en mitad de nuestro salón. Nos miraba y sonreía, enseñando un colmillo.

Un osito gigante de gominola destroza varias calles del Eixample barcelonés

Un osito gigante de gominola destroza varias calles del Eixample barcelonés

Los equipos de emergencia consiguieron reducirle en la playa de Nova Icària.

Un total de 15 personas tuvieron que ser hospitalizadas, la mayoría por contusiones y crisis de ansiedad, después de que se detectara la presencia, pasadas las 10:00 de esta mañana, de un Gomitrón anaranjado de más de treinta metros de altura en el barrio del Eixample de Barcelona. El primer avistamiento ha tenido lugar en la confluencia de las calles Cartagena y Còrsega, y desde allí se ha desplazado dejando un rastro de huellas pegajosas hasta la Avenida Gaudí, donde se entretuvo masticando farolas y señales de tráfico durante más de cuarenta y cinco minutos, ante la atónita mirada del vecindario. Inmediatamente se ha desalojado el cercano Templo Expiatorio de la Sagrada Familia, abarrotado de turistas, y los servicios de emergencia han recomendado a los vecinos que no salieran de sus casas y se alejaran de las ventanas. Además, el tráfico de la zona aún permanece cortado a estas horas.

Portavoces de la Policía Científica nos han asegurado que la prioridad ha sido en todo momento la salvaguarda de los ciudadanos y los turistas. Debido al historial de aplastamiento de vehículos aparcados y levantamiento de balcones y balaustradas en anteriores sucesos, han intentado mantener la atención del bicho con señales sonoras y lumínicas durante todo el tiempo. Por lo que hemos podido comprobar después, los daños causados por el suceso de hoy han sido mínimos, centrándose sobre todo en el mobiliario urbano: bancos, farolas, sillas y mesas de bares y señales de tráfico que han quedado abandonados en el camino llenos de restos de babas de gominola.

A las 11:00 un equipo de bomberos consiguió reclamar la atención del monstruo con un enorme patito de goma atado a la parte trasera de su camión, y a partir de ese momento, y durante más de una hora, ha transcurrido una interminable persecución hasta la playa. La mayor tensión se ha vivido cuando, a la altura de la calle Mallorca, el gigante ha tropezado con unos cables y ha trastabillado ante la Fachada del Nacimiento de la Sagrada Familia, sin causar daño ninguno al monumento. La comitiva continuó, bajando la calle Marina, hasta que a la altura de la Plaça dels Voluntaris Olímpics el monstruo perdió el interés en el camión de bomberos e intentó encaramarse a lo alto del edificio de Mapfre, cosa que resultó imposible debido a su escasa movilidad, a su falta de estructura ósea y a su composición gelatinosa. Después de varios intentos, y muy a disgusto, consiguieron arrinconarlo en la playa de Nova Icària. Al llegar allí el gigante quedó atrapado en la orilla debido a su propio peso y a la fricción de la marea embravecida, y los bomberos comenzaron a lanzarle al instante chorros de agua hirviendo a gran presión, deshaciendo en pocos minutos su cabeza y sus extremidades, con lo que el gigante quedó inanimado. Los restos del osito aún están presentes en la playa (en la que siguen trabajando a estas horas los servicios de limpieza), en forma de grandes manchas anaranjadas y viscosas sobre el agua. Las Autoridades han asegurado, después de los análisis pertinentes, que todo el material resultante de la muerte del Gomitrón es 100% biodegradable, así que no hay riesgo de contaminación medioambiental. El tráfico en las calles del Eixample se restablecerá mañana por la mañana, cuando los equipos especiales de limpieza que se han desplazado hasta la zona terminen de deshacerse de las huellas de azúcar pegajoso del monstruo, que impiden la sana circulación de los vehículos y son bastante difíciles de hacer desaparecer.

De entre los heridos, ninguno reviste de gravedad y casi todos han sido dados de alta, entre ellos, un grupo de estudiantes alemanas que se encontraban en la playa cuando el monstruo apareció y que, después de calmar su ataque de pánico, han asegurado a este periódico que ha sido una experiencia increíble y que volverán a la playa a ver si pueden coger algo de cadáver gelatinoso de recuerdo.

Los vecinos, cautelosos pero nada sorprendidos

Los vecinos de este barrio aseguran estar más que acostumbrados a estos acontecimientos, aunque se quejan de la falta de previsión de los servicios de emergencia, que tardaron casi veinte minutos en llegar al lugar del suceso.

Varios testigos que salían de un supermercado de la zona cuando todo comenzó han asegurado que el Gomitrón «salió de la nada» y que en pocos segundos se le podía divisar claramente la cabeza anaranjada desde detrás de la Antigua Fábrica de Cerveza que se encuentra en la calle Rosselló.

—De repente comenzó a lanzarnos carritos del supermercado calle abajo –nos comenta una vecina muy mansamente.

—Debe ser cosa del tiempo, que anda muy loco –nos asegura con resignación Noa Alarcón, vecina de la calle Còrsega, cuyo carrito de la compra ha quedado atrapado en una de las huellas gelatinosas del monstruo hasta que los servicios de emergencia puedan recuperárselo.

Un caso de gigantismo polar en medio de Barcelona

Ninguno de los expertos que hemos consultado nos ha dado una respuesta satisfactoria y contundente. Sin embargo, muchas hipótesis, desde diferentes laboratorios, nos afirman que sospechan que pueda tratarse de un caso de gigantismo polar. El gigantismo es un proceso mediante el cual las bajas temperaturas y la falta de oxígeno provocan especímenes de dimensiones colosales en los polos helados del planeta. Se dieron muchos casos en seres vivos prehistóricos, insectos marinos y dinosaurios. El caso es que, aunque parece la opción más plausible, no saben cómo puede hacerse efectivo en seres inanimados como los ositos de gominola y en ciudades mediterráneas como Barcelona, tan alejadas del Polo Sur.

Otra hipótesis está relacionada con ciertas actividades solares inusuales, algún tipo de radiación residual que llega hasta el planeta y para que la que nosotros ya estamos acostumbrados, pero que provoca grandes mutaciones estructurales en los ositos, y que al ganar tamaño y consistencia, cobran vida propia.

Otras voces hablan de extraños experimentos del ejército y del Apocalipsis, pero ninguna de esas hipótesis ha podido demostrarse con exactitud.

En abril de 2002 una vecina de Badalona denunció a la policía al primer Gomitrón: en plena madrugada se había levantado a beber un vaso de agua y escuchó ruidos extraños en la calle. Cuando se asomó a la ventana, un osito de gominola que apenas superaba los dos metros de altura le pegaba patadas a una papelera. La mujer cayó desmayada y tardó dos semanas en recuperarse del susto. Desde entonces, se han contabilizado nueve apariciones en el área metropolitana de Barcelona, siendo el bicho de mayor tamaño el Gomitrón aparecido hoy a las 10:00 horas en la confluencia de las calles Cartagena y Còrsega.

El otro lugar

El pueblo, ubicado en lo alto de una meseta, está rodeado de tierras de cultivo de trigo, cebada y algunos olivos que las gentes del lugar cuidan más que a sus propios hijos. Hacia el oeste se encuentra el viejo castillo enclavado en lo alto de la peña, desde donde se divisa un horizonte que no ha cambiado en apenas siglos, a excepción de las líneas de la luz, las del ferrocarril y las antenas de televisión. El camino de entrada se asfaltó y civilizó, pero sigue siendo el mismo que entonces, sólo que gris y salpicado con algunas farolas. Las dos calles principales van a dar a la plaza del ayuntamiento, en el centro del pueblo, y desde ellas el resto de callejuelas, sin asfaltar, se bifurcan. Hay una iglesia tan vieja que ya no tiene ni nombre, y su campanario no perdona una hora ni un cuarto con sus campanas, que no son tan viejas como la iglesia, sino de principios de siglo. Porque la piedra perdura, pero el metal se resiente. El sol castiga los tejados de las casas en verano y desaparece en invierno, dejando abandonado el calor de los hogares a su suerte. Algunos robles y algunos castaños dan sombra en lugares insospechados, y las pocas encinas del lugar se expanden inaccesibles y majestuosas. Las mujeres salen a coser o a pelar verduras a las puertas de sus casas, y los hombres se reúnen en el bar, o en la plaza del ayuntamiento. Los más jóvenes tienen un salón recreativo que pertenece al mismo dueño del bar. Hay una tienda de artículos de limpieza, una panadería y un pequeño supermercado.

Un niño y una niña con coletas juegan a pegarle patadas a algo y cruzan la plaza del pueblo. No es una pelota, pero es redondo y rueda cuesta abajo camino de su casa. Cuando su madre les escucha llegar sale a recibirles y se queda pálida. ¿De dónde habéis sacado esto? les pregunta. Los niños le dicen que estaba en el camino, cerca de la tapia del cementerio, allí tirado. No pasa nada, mamá, le dice el niño. Es como la calavera del esqueleto que tenemos en clase y se llama Manolo. Ya sé que es una calavera, dice la madre, pero no está tan segura de que sea de un muñeco. Por si acaso la envuelve en un paño de cocina, deja a los niños merendando y sale camino del ayuntamiento.

A Carlos, el alcalde, tampoco le gusta lo que ve. Y en un primer momento piensan que uno de los perros ha escarbado junto a la tapia y ha sacado un hueso de una fosa. Los de la Memoria Histórica se lo van a pasar bomba, dice el alcalde, que llevan más de dos años peleando para que les dejen destapar a los muertos de la guerra que descansan hacinados junto a la tapia. Pero el alcalde no dice nada porque él no nació en el pueblo, sino su madre, y ninguno de los suyos debería ser desenterrado de allí, o no, según las opiniones. Pero andémonos con ojo a ver qué pasa que no quiero que venga la prensa a husmear. La madre de los niños, que se llama Carmina, le dice que ella no ha hablado con nadie así que como no sea por obra del Espíritu Santo nadie se tiene por qué enterar de eso. Que Carmina anda harta ya de la cabezonería del alcalde, que se cree que gobierna Hollywood y aquello no es más que un pueblo perdido. Carlos, o mejor dicho, don Carlos, va a la casa del médico y le enseña el descubrimiento. El médico se queda pálido y el alcalde se ríe. No es broma, lo mío son contusiones y algún hipertenso, se queja. Llevo muchos años sin ver calaveras, dice el médico, que a la sazón le llaman Francisco, y en secreto Paco, aunque intentan ser educados con él porque al fin y al cabo es el que maneja las agujas y los bisturís. El médico decide dejar la calavera bajo llave en su consulta, y le echará un ojo y revisará algunos libros a ver si puede averiguar de dónde ha salido y, lo más inquietante, a quién pertenece. Los dos salen juntos en comandita y se acercan a la casa de Carmina y sus hijos, que están tirados enfrente de la tele. Les piden que les acompañen a don Carlos y a don Francisco al lugar donde encontraron aquella cosa, y los niños preguntan que quién es don Francisco, y el alcalde le dice que es él, el médico. Ah… hola Paco, dice el niño.

Al llegar junto al cementerio se les une a la fiesta Eleuterio, el sepulturero, un hombre un poco ateo y bastante taciturno que descansa en la choza junto a la tapia y les ha oído llegar. Le cuentan de la calavera y Eleuterio dice que no es posible. ¿Cómo que no es posible? pregunta el cabezota del alcalde. Porque no es posible, porque la fosa común está en la otra tapia, junto a los nichos, no es la que da al camino. Pues ya me dirás entonces de dónde ha salido la calavera. Y los niños reclaman la atención de los adultos porque escarbando con el pie en el lugar han encontrado una mano. Mamá, dice el niño pequeño enseñándole unos huesos del antebrazo descarnados y una mano huesuda, ¿seguro que no son de Manolo? Y mientras los demás se asustan, el niño le explica a Eleuterio que el esqueleto de su clase se llama Manolo, y que sabe que esos huesos largos de la mano se llaman falanges, pero que no se acuerda de cuál es el cúbito y cual el radio, porque no se parece a una radio. Eleuterio le dice que él también lo sabe porque también ha visto a muchos Manolos, y el niño que dónde, y el sepulturero le dice que en el cementerio hay muchos enterrados. Y el niño dice que entonces de mayor quiere ser sepulturero, y su madre se santigua. Con unas palas y unos picos escarban aún más en mitad del camino y se encuentran el resto de un esqueleto, sin antebrazo ni calavera, pero queda claro que aquello no es normal. Como si se hubiera arrastrado bajo tierra intentando subir a la superficie, bocabajo, con una rodilla doblada y las dos manos extendidas hacia arriba. Bueno, una mano, y la otra que los niños sacaron y con la que juegan a sacarse los mocos mientras se parten de risa. Estos niños son unos inconscientes, reniega su madre.

Aquello viene de allí, y Eleuterio señala el camposanto. Mala espina que da este asunto. Aún así, dice el alcalde, es hora de llamar a la guardia civil porque tenemos un cadáver en el camino. Aún así, dice Eleuterio, esto es del todo extraño, que ya van tres noches seguidas que le despierta un ruido parecido al que hacen las lápidas al moverse y dejarse caer. Y la tierra parece removida por donde el esqueleto, y quién sabe si es una broma macabra, que los del pueblo de al lado andan en fiestas y a los chavales de hoy en día les resulta gracioso quemar graneros y colarse en los cementerios de noche, que ven mucha televisión y muchos videojuegos y se les andan pudriendo las ideas. Y el niño le pregunta a su nuevo amigo Eleuterio que cómo se sabe si se te ha podrido una idea, y la madre le dice al niño que ya está bien, y les coge de la mano a los dos y les dice a los demás que ya vendrá luego a terminar de solucionar el asunto que sus niños ya llevan mucho rato entre esqueletos y cementerios, no vaya a ser que tengan pesadillas. Y al quedarse solos el médico, el alcalde y el sepulturero, se quedan mirando en silencio el camino, el agujero en el suelo, el esqueleto, y las tapias del cementerio.

El guardiacivil que viene al día siguiente, en realidad, es uno de los amigos de la panda que se junta los sábados a jugar al mus, aunque sea de otro pueblo distinto. Se bajan de su coche él y el alcalde junto al esqueleto, y Eleuterio viene a su encuentro. Se quita la gorra, se agacha, suspira y dice que no tiene ni idea. Pues ya somos dos, dice el sepulturero. Pues yo digo que han enterrado a alguien aquí, dice el alcalde, que lo sabe todo. Y cómo van a enterrar a alguien en esa postura, y en mitad de un camino donde puede verles todo el mundo, y cómo, y quién, y por qué allí. Y el alcalde le dice al guardiacivil, que se llama Sancho, que él es el investigador, que no le va a hacer el trabajo sucio. Y el investigador se acuerda de no sé qué virgen y suspira. Hace demasiado calor aquí a la intemperie, vamos al bar a tomar algo, dice el guardia. Igual ya lo debe saber todo el pueblo. De hecho, a estas alturas lo sabe todo el pueblo.

Junto a una copa de anís Eleuterio propone revisar a fondo el cementerio a ver si ha habido movimientos. Dice que lo ha revisado esta mañana y estaba tranquilo, que lo ha visto todo igual, pero no se fía. El guardia dice que después de comer, mejor. El sepulturero se queja porque después de comer van a querer echarse una siesta y va a caer una solana insoportable para andar entre las tumbas. Pues cuando anochezca, dice el guardia. Y cuando anochezca se van a morir de miedo a oscuras entre los panteones, se queja el sepulturero. Pues entonces ya me dirás. Que si no quieres encargarte tú, llamo a la capital, dice el alcalde, y entonces a Sancho se le hincha la vena sensible y dice que a él nadie le tiene que venir a decir cómo hacer su trabajo hasta que no sea irremediable, o haya un muerto. Bueno, de hecho, ya hay un muerto. Me refiero a sangre, dice Sancho. Así que bajo todo el sol justiciero marchan los tres a revisar el cementerio, que, por si acaso, Eleuterio no ha abierto al público esa mañana.

Y el guardia, para romper el hielo, le pregunta al sepulturero si se le hacía muy difícil el trabajar allí, y el sepulturero responde que no más que en otros sitios, y que el trabajo, en realidad, era sencillo, mantener cuidadas las tumbas, preparar las sepulturas para los que llegan, dejar tranquilos a los que están. Hay días en que hay que cavar fosas, y es algo mecánico, coger tierra de un sitio y ponerla en el otro lugar, y que nada más. No es nada apasionante, los muertos no dan mucha charla, y yo no me prodigo con los vivos. Me viene bien este trabajo. Al alcalde le cuesta respirar y se sienta encima de una lápida de mármol que se mueve a su peso. ¡Coño!, grita, y se retira. Hombre, Carlos, que pesas más de cien quilos. Pero es que esa lápida estaba removida. Si algo ya dije yo que pasaba, y deciden quitarla del todo. La señora Mercedes Salar, nacida en aquel pueblo y muerta de muy vieja hace veinte años, o lo que quedaba de ella, está fuera de su caja, literalmente fuera, bocabajo, con una mano aún dentro del ataúd medio abierto, y el guardiacivil dice que aunque no hubiera sangre eso a él ya le bastaba para llamar a los refuerzos, que los asaltadores de tumbas no son su especialidad. Los cadáveres, por lo visto, no son especialidad de nadie del pueblo, dice el alcalde.

Y Francisco, don Francisco, llega hecho una exaltación y dice que tienen que ir todos a su consulta y el guardia se queja de la mañanita que les está tocando. El médico repite una y otra vez que desde que ayer guardara junto a la calavera el hueso del brazo que le dieron los niños, él no había vuelto a tocar el armario. Que le creyesen, que nadie tiene esa llave, que nadie ha abierto el armario. Le dicen que se calle, que le creen, por Dios, que se tranquilice, pero es que cuando abre el armarito la mano no está y la calavera está del revés, bocabajo, con la mandíbula al descubierto. Y el médico señala debajo de unas carpetas con documentos y allí está la mano, como escondida. Imposible que se haya caído sola. Esta noche no ha habido ningún terremoto. ¿Y si va a ser que lo de las lápidas y los muertos removidos es cosa de pequeños terremotos que nadie ha percibido?

Suben todos a la oficina del alcalde y el alcalde llama por teléfono y se pasa más de media hora hablando con un montón de gente y le acaban pasando con un hombre de un instituto nacional de terremotos que le dice que allí no ha pasado nada. Y que cómo se iba a llamar Instituto Nacional de Terremotos, dice Eleuterio, a ver si has llamado donde no era. Y el alcalde le dice que no se llama así, que no se acuerda del nombre real pero que ha llamado al sitio correcto y que no ha habido ningún terremoto. Y los cuatro hombres en el despacho suspiran con desvelo. Pues eso no tiene sentido, ni aparente solución. El sepulturero dice que antes de darse por vencidos deberían mirar el resto de tumbas y el guardia dice que para mirarlas deben tener la orden de un juez. Y el alcalde dice que a lo mejor las raíces de un árbol cercano están levantando a los muertos de la fosa. Y el sepulturero dice que además de levantarlos de su tumba debe arrastrarlos y empujarlos hasta el otro extremo del cementerio y empujarlos debajo de la tapia, que si él conoce de algún árbol que pueda hacer eso, que se lo diga. Y el alcalde dice que cosas más imposibles se han visto. Y como nadie puede abrir más fosas, pues que esperarán al lunes y llamarán a la capital y que venga alguien y examine el esqueleto del camino a ver de dónde ha salido.

Pero esa noche, Eleuterio vuelve a escuchar los golpes de las lápidas, porque el sonido del mármol es inconfundible. Y sale en pijama, con una linterna en una mano y una pala en la otra a ver quién anda ahí, que no hay nadie, aunque le parece ver movimiento por el rabillo del ojo y es la primera vez en su vida que se asusta allí dentro. Y dentro de su casa llama a la guardiacivil y dice que hay unos ladrones en su cementerio. ¿Ladrones?, le preguntan. ¿Y qué van a hacer allí si no a las tres de la mañana? ¿Darse un paseo? Ladrones de tumbas, o asaltadores que desvalijan las joyas de los muertos. Como en los mejores tiempos de guerra. O algo más oscuro y siniestro cuando llevan ya varios días merodeando estas noches. En cualquier caso, Eleuterio no se fía de quedarse tranquilo, y en media hora se presentan unos guardias y acompañan al sepulturero en pijama y con grandes linternas. Tal vez mejor se verá todo, con mucha más claridad, por la mañana, porque ahora no hay nada extraño.

Es domingo, tiene que abrir el cementerio, que los mayores del lugar son impecables en sus costumbres. Eleuterio, ciertamente ojeroso y un poco malhumorado, está pendiente del movimiento desde una esquina, y la gente le saluda al pasar, y la señora Matilde se le acerca y le dice que quién ha sacado las flores de sus tiestos en la tumba de su padre, y Eleuterio le dice que a veces se caen por el viento, sin darle importancia porque estas señoras siempre vienen a quejarse de cosas peregrinas, y la señora Matilde no se queda nada convencida pero se marcha igual, con pasos pequeños hacia la salida. Y cuando cierra el cementerio a la tarde Eleuterio, que anda preocupado, vuelve a darse una vuelta allí dentro, en silencio.

Porque una de las cosas que le gustan de su trabajo es ese silencio. Allí dentro no le va a hablar nadie, y eso le deja tranquilo. Se queda parado en uno de los senderos intentando organizarse las ideas. Es verano y en el pueblo solamente se escuchan los sonidos del verano. El croar eterno de los grillos, el sol dorando las estepas. Una lápida de mármol se le revienta a la altura de la cara, junto a su oído izquierdo, y del susto pega un grito, y se aparta, y se lleva la mano al corazón, pero eso no se lo dice a nadie después. Llama al servicio de emergencia, que es el alcalde y el médico, y le pide al guardia Sancho que venga aunque no esté de guardia. Y cuando se reúnen el sepulturero insiste en que esto se está pasando de castaño a oscuro, que él quiere abrir las tumbas. Que si el juez les pregunta le dirán que estaban escamados y creían que las estaban robando. ¿Y creemos que las están robando?, dice el alcalde. Yo creo que esto no es un robo, y señala el nicho con la lápida reventada de un golpe. Desde dentro. Las partes rotas del mármol gris están combadas hacia afuera. Al abrirla, el señor Gonzalo Almete, natural de Fuentefría, Soria, muerto allí Dios sabe cómo y por qué hace más de quince años, está fuera de su caja, como la señora Mercedes. Tiene los brazos esqueléticos sobre su cabeza y desde luego da la sensación irrevocable de que ha sido él quien ha empujado la lápida.

Pero están muertos, dice el médico en el bar, hablando muy bajito. Están muertos, no se pueden mover. Pero se mueven, dice Sancho, el guardia. Y después se marcha a su cuartel porque va a empezar a llamar a todo Cristo para que vengan a este maldito pueblo, y el cura, que estaba allí, un hombre con redaños y malas pulgas, le dice que sin blasfemar estará más guapo. Eleuterio le pregunta con sorna que ya que él no es cristiano, que si puede blasfemar a gusto, y el cura le dice que haga lo que le venga en gana que el infierno se lo tiene ganado, y el sepulturero le dice a Sancho que vaya pues a llamar a todo Cristo para que vengan a este maldito pueblo a ver qué está pasando. Que nadie se ha dado cuenta pero el único que duerme junto a la tapia del cementerio todas las noches es él.

El juez de guardia, que es una jueza, serena y paciente, todo lo paciente que puede ser un juez, pero que le está echando ganas porque esa historia no hay quien se la crea, al día siguiente se encuentra con un alcalde, un médico y sepulturero que le cuentan que los muertos de su cementerio se están revolviendo en sus tumbas. Y la jueza dice que eso parece un chiste de Lepe. Se han llevado el cadáver del camino a la capital, al instituto forense, a ver si averiguan de dónde ha salido. Y Eleuterio se queda callado y pensativo y dice que no hace falta que venga el forense a decir de dónde ha salido, que él lo sabe. Y otra vez la comitiva va hasta el cementerio y el sepulturero les lleva hasta una de las tumbas que están enterradas directamente en la tierra, que son las más antiguas, de hace más de cincuenta años, y les dice que va a ponerse a excavar ahí porque lleva días que sospecha que pasa algo en su paseo diario, sobre todo desde que empezó «todo esto», que la tierra está como rara y revuelta todo alrededor, como si hubiera topos, pensó al principio, pero ahora ya no está tan seguro. Y que si no debe excavar o es ilegal o le van a denunciar que se lo diga la señora jueza porque él, personalmente, ya está hasta los mismísimos y le va a dar igual. Cuando levantan la tierra y dejan el hueco, el sepulturero se remanga y baja hasta el hoyo, abre la caja y está vacía y podrida, y se les encoge el aliento, y en los pies del ataúd hay un agujero hecho a golpes, y del agujero sale un túnel, y el alcalde se asoma y dice que, si se pone en perspectiva, el túnel, todo recto, llega hasta el lugar donde se encontró el esqueleto.

La jueza dice asombrada que a esa mujer debieron enterrarla viva. Y que si es así, osa decir el médico que debe tener los cataplines por corbata con lo aprehensivo que es, ya lo descubrirán en la autopsia, pero que hace una semana no había calavera en el camino. La jueza dice que van a destapar todas y cada una de las tumbas que vean que pueden tener un solo desperfecto, que hablen con las familias que se encuentren, que antes de irse quiere ver qué pasa allí y si eso pertenece a su jurisdicción. El alcalde pregunta por la fosa de la guerra civil y la jueza suspira irremediable. Mirad, dejemos eso en paz, bastantes problemas da ya, y eso que todos saben dónde están enterrados sus muertos. Y Eleuterio dice entre dientes que ahora no está tan seguro de que estén muertos.

Y para la cena ya lo sabe todo el pueblo.

Carmina se acerca al párroco antes de que se suba en su coche para marcharse y le pregunta al pobre, que anda ausente en sus cosas, que cómo se puede saber si está ocurriendo la resurrección de los muertos, y se lo dice muy seria y muy decidida, como si llevara horas con esa idea clara en la mollera y le estuviera preguntando por el precio de una barra de pan. Y el cura se pone pálido y le dice que haría mucho ruido si viniera el Apocalipsis, que se sabría, sin duda. Y Carmina le dice que, bueno, ruido hay. El cura no tiene ni idea de lo que está hablando y la mujer le pone al corriente, a su manera, a la manera que todo el pueblo está al corriente sin tener ni idea siquiera. Y el párroco se baja de su coche y se encamina al cementerio. Se encuentra con la jueza, con el sepulturero, con el médico y con el alcalde, y con dos guardias civiles, y no pilla al forense que levantó el cadáver porque ya se fue. Y están todos en un corro hablando cabizbajos, y el cura le dice a Carlos, a don Carlos, que si están tratando asuntos espirituales que ya le podían haber avisado, y Carlos, don Carlos, le dice que no son asuntos espirituales. Y el cura le contesta que la gente del pueblo piensa que es la resurrección de los muertos y que si eso no son asuntos espirituales que él se arranca su título de teología de la pared. Eleuterio sale al paso y le da la razón al cura, y el cura se le ríe con sorna y le dice que qué ha pasado con el sepulturero ateo que ahora cree en la resurrección de los muertos, y Eleuterio le dice que no cree que sea la resurrección de los muertos, porque obviamente siguen muertos, no han resucitado, pero que igual no está mal otra opinión al respecto y que si a los muertos de ese pueblo les ha dado por salirse de sus tumbas, que es posible que él se quede sin trabajo.

Pueden ser desechos radiactivos, dicen. ¿Tan lejos?, la central está por lo menos a veinte kilómetros, dice el alcalde. Y la jueza sale al paso diciendo que sólo hay que ver lo de Chernóbil, que se tuvo que cerrar una ciudad entera. Que investigará a ver si en los cementerios de los otros pueblos ocurre algo extraño también, y que si no, pues nada, que no se plantearán lo de la radiactividad. Lo de las raíces de los árboles queda, de momento, descartado.

Se reúnen a la mañana siguiente para el paseíllo matutino la comitiva de siempre más los dos guardias que han hecho guardia allí toda la noche. Dentro del coche no se ha escuchado nada. A Eleuterio le dieron un valium para que se durmiera. Pero el señor Gonzalo Almete, Dios sabe cómo, se ha ido escurriendo de su nicho y ahora tiene un brazo colgando fuera. Le retiran un poco para mirar allí dentro a ver si hay algo que le está empujando, pero no: el muerto se mueve sólo. Al médico se le ocurre averiguar cómo, sospechando de lo que pasó con la calavera el primer día, y pide permiso para llevarse parte del esqueleto del señor Gonzalo Almete a su consulta, y los guardias le dicen que vale.

Ponen la calavera y un brazo, como la otra vez, encima de la mesa de la consulta. Ponen una cámara de video a grabar. ¿Para qué?, dice el alcalde. Porque el médico piensa que no vemos los huesos de los esqueletos moverse igual que tampoco vemos a las plantas crecer si nos las quedamos mirando. Y se pasa toda la noche en vela pendiente de la grabación. A la mañana siguiente los otros dos van a su consulta y él está histérico: que en mitad de la noche, medio dormido, la mano se tiró al suelo. Y él la siguió grabando, aunque parecía que estaba totalmente inmóvil. Mirad, mirad, el video. Y cuando lo pasa a cámara rápida se ve movimiento. La calavera empieza a dar vueltas sobre sí misma. Por la mañana la dejaron mirando a la puerta y ha amanecido mirando a la ventana. La mano fue escurriéndose poco a poco hasta tirarse al suelo y desde allí se encaminó a la puerta. Un movimiento asombroso. Doce horas de grabación, dos minutos de movimiento. Estos malditos muertos se mueven, dice el médico, movidos por un resorte invisible, como si unos fantasmas sujetaran sus calaveras para hacernos de rabiar. Mira, le dice el alcalde, mejor devolvamos esto a su tumba.

Ahora hay más lápidas de nichos reventadas desde dentro. En la misma estructura que la del señor Almete, otras cinco. Ocho en la de enfrente, tres en la de detrás. Esto va cada vez a peor. La jueza vuelve y levantan todas y cada una de ellas: todos, en diferentes posturas, están jugando a quererse escapar.

Parece el argumento de una película de zombis de serie B, dice la jueza, por decir algo. Y, mientras tanto, escuchan algo en la tapia de la fosa común, como un desgarro, y todos corren hacia allí. Y miran el suelo que pisan: una mano huesuda y descarnada extiende sus dedos saliéndose de la tierra. Eleuterio se cabrea y le da una patada. La jueza le regaña. La fosa no, dice, por favor, y el alcalde le da la razón porque piensa que habla de lo mismo que él.

Durante ese día levantan todas las tumbas del cementerio. Todos echan un cable, algunos del pueblo con palas y palos. El del bar abre un nicho y se le cae encima la momia de una mujer con la mandíbula desencajada, y sale corriendo como alma que carga el diablo. Eleuterio se ríe entre dientes y dice que pocos Manolos ha visto ese en su vida. A él no le dan miedo los muertos, pero después de veinte tumbas reventadas, están empezando a darle asco. Realmente el hedor empieza a ser intolerable. Mientras tanto, han florecido otras cuatro manos del hueco de la fosa común. Da igual, dice la jueza, la fosa no se toca. Si hay que tratar la fosa, dice la jueza, hay que llamar a Madrid. No tengo ni idea de cómo resolver esto, y no quiero que se monte ningún jaleo con los de la Memoria Histórica, ni con partidistas ni con detractores.

Pues nada, entonces. Que vengan los de Madrid.

El alcalde llama al cura, que si no le importa, que se venga a cenar esta noche. Andan todos consternados, el pueblo revolucionado, toda la comarca cuchicheando y, me temo, le faltan dos días a la prensa. Secreto de sumario, que dice la jueza, pero es que esto es impepinable. Quiere consejo, alguien un poco más trascendental que estos pobres pueblerinos.

Y se reúnen a cenar con el cura.

Lo más seguro es que ordenen quemar todos los cadáveres, a ver si así se dejan de mover. Pero para eso tardarán aún unas semanas, si no unos meses, y esto se está poniendo cada vez peor, le cuenta el alcalde. La señora Mercedes, la primera tumba que destaparon casi por casualidad, ya ha intentado salirse tres noches. La vuelven a colocar y a la mañana siguiente vuelve a estar con medio cuerpo fuera de la tumba. Es como querer podar las malas hierbas. O las quemas y arrasas o no dejan de crecer. Pues habrá que arrasar, dice Eleuterio que está cada vez más serio y más preocupado, y cada vez come menos y ya no es siquiera taciturno: ahora está casi muerto. Esto es un problema bien gordo, dice el cura. Les falta nada para hacer como la primera y salirse afuera. Eleuterio dice que se quedó blanco porque sin querer desenterró a su tía Adela y estaba descarnada y con la ropa podrida; y que le daba miedo, que estaba retorcida en su ataúd, como muchos otros, como queriéndose dar la vuelta. El alcalde dice que él no quiso ver la tumba de su madre pero que le dijeron que también estaba revuelta, y el médico dice que gracias al cielo él no tiene a nadie enterrado allí. Y Eleuterio se queja, que de dar gracias al cielo, nada, que si existe un cielo debe ser el culpable de todo este tinglado. Y el cura duda, porque dice, esto no pertenece al reino de los vivos ni al de los muertos, sino a otro lugar, pero no sabe cuál. Que no sabe cómo saber cuál.

Y da igual la cena, ninguno se queda más tranquilo. El pueblo ha montado guardia frente a las tapias del cementerio. Esa noche algunos hombres con escopetas se apostan por fuera del muro junto a la fosa común, por si se les ocurre levantarse a esos malditos traidores otra vez, dicen. Las cosas se están poniendo muy feas. La jueza aún no se ha marchado. Cierran el cementerio a cal y canto, pero a eso de las once de la noche oyen rascar y una mano se ha salido por debajo de la tapia, y de quién puede ser, quién sabrá, que las tumbas están todas abiertas, y dicen que es sin duda de los de la fosa. Quieren salirse fuera, no nos van a dejar en paz. Que llegue la orden pronto para quemarlos a todos, pronto, estén vivos o estén como quiera que sea que estén. La jueza, esa mujer de mediana edad, con el pelo castaño y melena corta, con ojos de un azul cálido terribles, en la oscuridad de esa noche se acerca a la caseta de Eleuterio y él aún está despierto en el banquito de madera de su entrada, mirando fijamente la tapia blanca y encalada del cementerio. Los altos cipreses que sobresalen por encima solamente se intuyen al contraluz de esa oscuridad de noche. La jueza se sienta a su lado, muy a su lado. ¿Crees que quieren atacarnos?, le pregunta al hombre. El hombre se encoge de hombros. Ya no me quedan más chistes ni más frases ocurrentes, sólo quiero que se acabe, dice.

Y se escucha a lo lejos, otra vez, el sonido inconfundible de una lápida de mármol partiéndose en pedazos. Y, sin embargo, todos saben que allí dentro no hay nadie, o al menos nadie que pueda ser llamado persona. Me gustaría despertarme ya, dice la jueza. ¿Se ha dormido?, le pregunta Eleuterio. No, que cuando vine, cuando escuché esta historia por primera vez, lo primero que pensé fue que me había quedado dormida y estaba soñando con un cuento de fantasmas. Con un cuento de muertos, sí, le dice Eleuterio, que estos no son ni siquiera fantasmas. Espero que no lleguen hasta aquí, le dice la jueza y rodea el brazo del sepulturero, y se recuesta en su hombro. Yo también lo espero, dice él mirándola de reojo, al menos no por un rato.

El gran devorador

En la estantería, en un lugar de honor, había un grueso volumen en cuyo canto se podía leer con letras doradas *Don Quijote de la Mancha*. El hombre lo cogió y lo puso encima de la mesita del té.

—¿Quiere probar? –le dijo a su visitante.

—Pero... esto es un libro.

—Por supuesto que lo es, ábralo.

Y al descorrer su tapa apareció debajo, en un elegante hueco, entre lo que parecían páginas –que no lo eran– una diminuta bola de color amarillento.

—Pero los libros están hechos de papel –espetó el visitante.

—Y esto es papel: papel plastificado de maíz. Perfectamente comestible. En cuanto usted introduzca esta diminuta bolita de papel de maíz en su boca, su saliva desencadenará una reacción eléctrica a escala que traspasará toda la información de *El Quijote* a un lugar seguro de su cerebro. Así ya no tendrá que volver a leerse pesados libros nunca más.

—¿Y cómo ha conseguido hacer eso?

—No se lo voy a explicar ahora, a mí me ha llevado años comprenderlo para poder experimentar con ello... Créase mis palabras, joven incrédulo. Al fin y al cabo, toda la información que guardamos en nuestra cabecita –y se golpeó dos veces la mollera con su nudillo– no es más que electricidad. ¿Qué más da dónde haya sido producida?

El visitante, temeroso, cogió la bola del interior del volumen. La observó unos instantes entre sus dedos y, sin pensárselo demasiado, se la metió en la boca y empezó a masticar.

—¿Y bien, joven amigo –le preguntó el hombre– a qué sabe?

—No sabría definirlo.

—¿Nota algo?

—Sí... es algo así como chispitas entre mis dientes.

—¡Qué alegría! ¡Lo ha conseguido! Ya es oficialmente usted uno de los primeros *devoradores* de *El Quijote de la Mancha*, un libro tan espeso, pesado y denso que nadie querrá volver a gastarse su tiempo leyéndolo nunca más… Esas chispas entre sus dientes son las reacciones eléctricas de las que le hablé. A través de las estribaciones nerviosas de su lengua y sus dientes, la información del libro va llegando, poco a poco, a su cerebro.

—Tiene un sabor extraño, ¿no?

—Bueno, he querido darle un toque un tanto artístico a mis obras, y cada una tiene el sabor de algo representativo en la novela. Ésta que usted está comiendo tiene el sabor aproximado de lo que los protagonistas comieron con los cabreros…

—Sí, ya lo sé… de repente lo tengo todo en la cabeza… en el capítulo once… *ciertos tasajos de cabra que hirviendo al fuego en un caldero estaban…*

—¡Bravo, bravo!... Veo que mi obra comienza a funcionar.

—Es increíble… pero podría haber buscado otro plato que no fuera cabra hervida para darle mejor sabor a su invento…

—Sí, ya lo sé… Pero precisamente por eso inventé esta maravilla, para no tener que leerlo. Y pronto me cansé de buscar. Esta receta la encontré por casualidad pasando las páginas gastadas de un viejo volumen que compré a un pobre librero de segunda mano, y no me molesté más. Para otras cosas tengo yo mi cabeza y mi bien apreciado tiempo.

—Es increíble… me siento, de repente, como mareado… decenas de frases, cientos de momentos, miles de escenas me han inundado la mollera… Ahí puedo ver a Sancho corriendo hacia su ínsula –dijo el visitante un poco fuera de sí, señalando un punto perdido en el espacio de la biblioteca donde estaban–… ¡Oh, y ahí está, Dulcinea! ¡Preciosa Dulcinea…! Oiga, ¿su invento suele provocar alucinaciones?

—En algunos casos sí. Pero es algo puntual, no tiene la menor importancia, y sus efectos se pasan en seguida. Como mucho, en un par de horas.

—Yo… me siento desbordado… –y el visitante se levantó de su asiento y comenzó a dar vueltas por la sala, como una mariposa en el lago de los cisnes.

—Tranquilo, amigo mío… –dijo el hombre, regresando a su visitante a su asiento– debe tomárselo con calma.

—¿Por qué razón? ¡Esto es el invento del siglo! ¡Se va a hacer usted millonario! ¡Miré ahí! ¡Miré ahí! –gritaba extasiado– ¡Los molinos! ¡Son los molinos de viento! ¿No los ve? Claro que no los ve… Pero, ¡son fantásticos!, ¡maravillosos!… *La ventura va guiando nuestras cosas mejor de lo que acertáramos a desear; porque ves allí, amigo Sancho Panza, donde se descubren treinta o pocos más desaforados gigantes, con quien pienso hacer batalla y quitarles a todos las vidas…*

Y el visitante seguía dando vueltas por la habitación, fuera de sí, recitando emocionado las palabras de la novela que, por arte de magia, habían llegado intactas a su cerebro. El doctor tuvo que esperar media hora más a que los efectos del feliz encuentro con la cultura le bajaran a su visitante de las nubes. Y cuando volvió a su asiento (mientras tanto, el doctor había aprovechado para tomar su té y sus tostadas con mantequilla con mucha tranquilidad), el hombre se sentía feliz, desorientado y adicto.

—Quiero más novelas, haré lo que sea, le pagaré lo que sea.

—No sea necio, usted no tiene dinero. Y *El Quijote* ha sido mi regalo. Mi regalo para un incrédulo que, por lo que veo, ya cree.

—¡Sí que creo, y vaya si creo! ¿Y qué pasa con el resto de obras? ¿Ha hecho usted más libros?

—Por supuesto. Y los hemos probado. Pero aún no me atrevo con ninguno, o con casi ninguno.

—¿Los ha probado usted mismo?

—No... –se excusó el hombre–, un científico tiene que mantener su mente despejada, ¿entiende?

—Claro, por supuesto. ¿Y quién los probó? ¿Quién fue el afortunado?

—Bueno... bueno... –se excusaba incómodo el doctor– uno de mis ayudantes fue el... sujeto que experimentó otras novelas. Pero quiero advertirle que no se las voy a entregar, haga usted lo que haga, ni aunque amenace mi propia vida.

—¿Por qué iba a amenazar su vida? ¿Es que su ayudante le amenazó de muerte? ¡Si es usted uno de los hombres más preciados que ha pisado este planeta!

—Algo así... pero no fue nada del otro mundo, lo normal entre dos personas que trabajan juntos y crean algo alucinógeno sin darse cuenta y tienen cuchillos en casa... No debería usted perder la cabeza.

—No, no, tranquilo, no la perderé...

—Eso espero, que le veo un poco alterado.

—Bueno, pero, cuénteme. Aunque no me vaya a dar más novelas, cuénteme, ¿cuáles más hay? ¿Cuáles son las demás?

—Empezamos por el gran clásico, por *El Quijote*, el que usted ha tenido el gusto de devorar... Y pensamos que, para hacer más rentable nuestra empresa, deberíamos crear los grandes clásicos de la literatura con un cierto enfoque internacional. Así, para los franceses creamos *Nuestra Señora de París*, para los alemanes *El cantar de los Nibelungos* y para los británicos *Robinson Crusoe*. Pero el problema empezó cuando llegamos a los italianos, porque aún no he encontrado la técnica perfecta para controlar las alucinaciones, y tuvimos algunos... contratiempos.

—¿Contratiempos?

—Sí, al llegar al infierno de *La Divina Comedia.*

—Cielo santo… –susurró el visitante horrorizado ante lo que su cabeza imaginaba.

—Pero eso no fue lo peor.

—¿Qué ocurrió?

—*El Apocalipsis.*

—¡¡¿Cómo?!! –chilló asustado el visitante, aún un poco excitado por su comida.

—No se imagine cosas extrañas… mi ayudante probó *El Apocalipsis de San Juan*, de la Biblia, ya sabe, el último libro. Y a partir de ese momento decidí cesar por una temporada mis investigaciones.

—¡¡Cielo santo!! ¿Qué le ocurrió? ¡No... no me lo cuente, no quiero saberlo!... Bueno, sí, cuénteme, quiero saberlo. ¿Fueron las explosiones de las que habla el libro? ¿Fue la visión del Hijo de Dios viniendo en toda su Gloria? ¿Fue eso lo que le turbó? ¡Cielo santo! ¡¡Los Cuatro Jinetes del Apocalipsis!! Tuvo que ser terrible… ¿qué fue de su ayudante?

—Bueno… mi ayudante, ciertamente, falleció…

—No puede ser… –y el visitante se llevó la mano al pecho, totalmente aterrorizado, porque él también había probado aquella cosa, aquella maldita bola, aquel engendro de la naturaleza.

—Pero no por lo que usted cree. No fue por culpa de la literatura. Hay algo que aún no conseguimos controlar, en lo que no caímos, un despiste…

—¿Qué ocurrió?

—Desde entonces no he levantado cabeza… y no me atrevo a seguir con mis experimentos… No sé cómo voy a continuar. Usted ha sido el primero en catar nuestras creaciones desde… desde aquel momento, y solamente lo he hecho por el aprecio que le tengo, amigo mío…

—Dígame, ¡por Todos los Santos del Calendario!... qué le pasó...

—Pues bien, mi querido amigo. Sin pensarlo, sin pretenderlo, ofuscados creando obras cada vez más fabulosas, intentando superarnos a nosotros mismos, descuidamos una de las partes más importantes de nuestro trabajo. Al principio, cuando descubrimos la capacidad de transportar información a través del cerebro por medio de señales eléctricas derivadas de la ingesta de papel, lo que hacíamos era, literalmente, *comernos* cada una de las hojas de los libros que previamente habíamos creado. Pero si leer cada una de esas hojas era una tarea insoportablemente pesada, *comérselas* no lo era mucho menos. Así que empezamos a investigar el modo de reducir esas páginas, cada vez más, hasta su forma más primitiva, más compacta y más cómoda: una sola dosis y toda la sabiduría del mundo entraría en su cerebro. Y con cada experimento, mi ayudante iba devorando cada vez más y más páginas... y nuestra materia, nuestro plástico de maíz, se iba haciendo cada vez más y más denso, porque cuánto más pequeño era su tamaño, más información debía llevar comprimida dentro de sí. Cuando mi añorado ayudante, Basilio –a quien Dios guarde en Su Gloria– introdujo la última bolita de maíz en su boca... cuando aquel *Apocalipsis* llegó a su estómago, entonces... cayó fulminado en esta misma alfombra, justo ahí donde reposan sus pies, entre convulsiones. Y aunque los médicos llegaron en seguida e intentaron reanimarlo, poco se pudo hacer por él, y murió a los pocos minutos. Es posible que mi querido Basilio –a quien Dios guarde en Su Gloria– llegara a ser el hombre más sabio de todos cuantos existieron alguna vez, porque la información en su cabeza era inmedible, con todas las obras que llegó a probar... Pero descuidamos lo demás, obsesionados por el conocimiento, por la inmediatez...

—¡Qué desgracia!...

—... y mi pobre Basilio murió de una indigestión.

El viajero

El viajero tenía las palmas de las dos manos abiertas sobre su nuca, recostado en una ligera pendiente arbolada sobre el césped fresco, mirando directamente el sol de mediodía con los ojos desnudos y sin pestañear. No sé cuánto tiempo estuvo así, pero debieron ser varios minutos mientras yo llegaba hasta él andando por la ladera.

Debido a su historial, del que me había puesto al día los días previos a la entrevista, dudaba si era bueno advertirle de que se iba a dejar las retinas en aquel juego estúpido. Tal y como me habían dicho, lo primero que aprendí de él nada más verle fue su falta de respeto hacia cualquier forma de vida, incluida la suya propia. Temía entonces, y no sin razón, que tampoco tendría mucho respeto por la mía, y era mejor empezar con buen pie.

Según llegué a su altura, mi sombra cubrió el sol sobre sus ojos.

—Buenos días, ¿Wallace? –le dije, le tendí la mano.

Enfocó su mirada hacia mí como quien mira a una mosca revolotear, sin curiosidad, sin cambiar de postura, sin un ápice de cortesía o formalidad.

—¿Quién es usted? –me dijo.

—Supongo que le advirtieron de mi visita, soy Samuel Medina.

—¿Samuel quién?

—Medina, el periodista con el que usted y su equipo contactaron para la serie de artículos…

Fui callando las palabras. Parecía que no estaba allí. Me sentía como un fantasma inoportuno.

—No sé de qué narices me está hablando. Y si no le importa, apártese, que me tapa el sol.

—Pues se va a quedar sin ojos si yo me aparto –le respondí molesto.

Entonces sonrió con asco.

—Será un bonito espectáculo.

Esperé unos segundos más, pero no ocurrió nada. Aquel tipo, treintañero, flaco y desgarbado, con la nariz y el rostro afilados, las orejas puntiagudas, los ojos pequeños y oscuros, oscurísimos, aún con las pupilas contraídas por la luz, se comportaba como un adolescente contrariado. Me dieron ganas de cruzarle la cara de un soplamocos. Pero en vez de eso, como los niños listos, fui a quejarme a los mayores.

Me marché otra vez, ladera abajo, hasta el edificio central, donde se encontraba el centro de investigaciones y los laboratorios. Me crucé en la puerta con la psicóloga de Wallace.

—¿Podría echarme una mano? –le pregunté.

—¿Por qué?

—No sé si debería venir en otro momento, hoy no tiene muchas ganas de hablar, me parece.

La mujer suspiró con hastío.

—Espérenos dentro –dijo, y se puso en marcha hacia la ladera.

Al cruzar la puerta automática de la entrada, la calefacción me golpeó con furia. Allí dentro, la decoración minimalista, funcional, blanca y brillante, contrastaba con el sol árido y el césped al descubierto de allá afuera. Había algo de discrepancia, de paradoja, que se me escapaba, pero que era capaz de intuir. Buscando en mi maletín la autorización, una mujer de mediana edad me salió al paso.

—Sé que debo pedirle disculpas aunque aún no sé muy bien por qué –me confesó.

Martina Clark, aquella señora que me hablaba, llevaba casi diez años siendo la directora del centro. Al poco de conocerla, unos días atrás, se me antojó que tenía uno de los trabajos más difíciles del mundo. Llevaba una bata blanca, como muchos de los que pululaban por allí y le daba un aspecto aún más frío e incómodo al lugar.

—He visto salir a la psicóloga hacia donde dejamos que Wallace pasee –me dijo–. Supongo que él no ha sido muy cortés con usted.

—Supone bien. Si no es un buen día puedo volver en otro momento.

—No, quédese. Si fuera por él, nunca sería un buen momento para nada. En realidad nunca es un buen momento.

No sabía qué quería decir con eso, o si me estaba dejando el mensaje en clave de que no era del todo bienvenido. Cuando llegué y me presenté aquella mañana, antes del altercado con Wallace, no había notado gran cosa aparte de mucho frío por ser principios de diciembre. Mucho frío ambiental y mucho frío emocional, algo que rozaba el hastío.

Antes de Martina, en los casi quince años que llevaba Wallace en el centro, otros tres directores habían pasado por allí, y los tres abandonaron al cabo del tiempo, presos del estrés y la ansiedad. Ni Wallace ni su anómala situación eran agradables.

Con las autorizaciones electrónicas en la mano cruzamos una de las puertas del vestíbulo, y desde allí caminamos por pasillos interminables y cascadas de escaleras iluminados por luces fluorescentes que parecían dirigirnos al mismísimo centro de la Tierra. Al final, en el doblez de un pasillo, una de las puertas que se abrió dio paso al despacho de la directora. Era de los pocos lugares del edificio un poco menos impersonales: tenía una ventana que daba a aquella colina yerma, un helecho junto a ella y dos fotografías sobre el escritorio. No las pude ver, estaban de espaldas a mí. Supuse que serían de su familia, pero no le pregunté. No era un buen momento. En el paseo me había comido el silencio.

—No es que tenga que hacerlo –me dijo ella–, pero le pediré disculpas por la actitud de Wallace.

—No importa, no es de los peores personajes a los que he intentado entrevistar.

—Lo sé... bueno, lo supongo más bien. No quiero que se ofenda, pero a ninguno nos ilusiona tener a un periodista en casa, no hoy. Pero no nos queda más remedio, se está invirtiendo mucho dinero en mantener este centro funcionando y en parte, todo esto se hace para apoyar médica y científicamente a Wallace. Y todo este derroche de dinero por una sola persona, en fin…

—Sí, la entiendo.

—No, no creo que lo entienda –me dijo–, pero usted tiene que hacer su trabajo para que a nosotros nos dejen seguir haciendo el nuestro.

Me quedé bastante mudo. Al instante la psicóloga abrió la puerta del despacho y le dijo a Martina que Wallace estaba en la sala y que «se prestaba a colaborar». Lo remarcó y lo entrecomilló mirando a la directora con complicidad, y después me miró a mí con los ojos glaucos.

A los cinco minutos, sentados, esta vez sin el sol de por medio, con la psicóloga allí de pie junto a la puerta, con los brazos cruzados y actitud de alerta, me daba la sensación de que todos en el centro trataban a Wallace con cierta libertad, pero con el poco respeto que se le guarda a un enjaulado. Wallace estaba mal sentado, casi dándome la espalda, retorcido sobre su silla en aquel cuarto frío, vacío de vida y de ilusión. La única ventana daba a la ladera y un poco más allá se veía el lago artificial del complejo, todo bajo la aplanadora mirada del sol y de la psicóloga. Wallace tenía el rostro y los ojos enrojecidos, tamborileaba en la mesa con los dedos, y movía las piernas sin cesar. Me recordaba a esos jóvenes de barrios pobres a quienes años de dejadez e incultura les han llevado a ser incapaces de mantener una conversación seria.

Pero ese no era el caso de Wallace.

Aunque gran parte de su misterio consistía en que no se tenía idea de quiénes fueron sus padres biológicos, desde que apareció abandonado con tres años de edad en la estación de metro de Covent Garden (y de eso hacía ya casi veintiocho años), cuidó de él un matrimonio de Londres que le adoptó y le dio sus apellidos. Cuando le encontraron iba vestido como un niño de principios de siglo, con ropa hecha a mano, sin etiqueta. Apenas sabía hablar, solamente decía su nombre y su edad. Se buscó a sus padres por todo Reino Unido y parte de Europa, pero no apareció nada. Tampoco apareció su partida de nacimiento, no al menos con su nombre, el que él mismo repetía sin parar: *Me llamo Wallace Raymond*, decía una y otra vez, y nadie sabía bien si Raymond era su apellido o su segundo nombre. Nadie lo supo nunca, en realidad.

Creció a las afueras de Londres, fue a un colegio público, y cuando tenía once años sus padres adoptivos se separaron. Nada se sabe de lo que le pasó con él entonces, si fue la mezcla del trauma y de la adolescencia, o si fue la varicela que cogió aquel verano lo que lo desencadenó, pero dos semanas antes del principio de curso ocurrió el primer suceso: su madre, con la que vivía entonces, le mandó a comprar a la tienda de la esquina y en el camino desapareció. Esto ocurría a las once de la mañana. A la media hora, cuando su madre vio que no regresaba, salió a buscarle, pero los de la tienda le dijeron que no había llegado. Le buscó por los alrededores, por si se había quedado jugando con unos amigos, pero tampoco apareció. Pasó el mediodía, la tarde y llegó la noche, y para entonces la policía ya andaba buscándole con equipos especiales. Ampliaron la búsqueda a las estaciones de metro, de tren y hasta al aeropuerto, pero Wallace no apareció. Por donde él vivía no había zonas de campo por las que perderse, pero aún así rastrearon todos los parques y jardines de la ciudad. Se temía que tuviera que ver con su extraña aparición de niño y de madrugada empezaron a investigar su posible secuestro, lo cual les llevó hasta el amanecer de la mañana siguiente. La cara de Wallace salió en la televisión por si acaso alguien le había visto y le reconocía, una fotografía de un niño de once años, serio y bien peinado, mirando con sus ojos oscuros directamente a la cámara.

Veinticuatro horas después de su desaparición Wallace apareció en su calle, vestido igual que el día anterior, aún con el dinero que le había dado su madre en la mano. Dos policías que custodiaban la entrada de la casa fueron corriendo hasta él y Wallace se asustó. Le preguntaron. Para él no había pasado nada, y no se creía que su familia y la policía hubieran estado un día entero buscándole. Para él solamente habían pasado cinco minutos en los que se había desorientado un poco, y no recordaba nada.

Los médicos hablaron de episodios de amnesia y comenzaron a hacerle pruebas pero, por supuesto, todo estaba en orden. Era un niño normal, tirando a flacucho, y nada más. Nadie supo darle explicación al suceso hasta que una noche, pocas semanas después, estando un poco resfriado, le empezó a subir la fiebre y su madre junto a su cama de madrugada empezó a notar que Wallace se difuminaba. Adormilada, con la luz de la mesilla encendida, en cierto momento le pareció que sus ojos no enfocaban bien a su hijo, que le veía borroso. Se puso las gafas y era aún peor. Se acercó a él e intentó tomarle la temperatura, pero no podía tocar su piel: la atravesaba. Su hijo se hacía invisible por momentos y ella, desesperada, llamó a emergencias.

Wallace estaba casi inconsciente y deliraba, pero su voz sonaba muy lejana. La doctora que llegó a la casa se quedó de piedra en la puerta de la habitación al contemplar aquello, incapaz de reaccionar. La enfermera que venía detrás le preguntó a la madre si habían intentado moverlo. «No», dijo su madre, «no puedo tocarlo». Entonces la enfermera corrió a la cocina, tomó una jarra de agua y se la echó encima al niño, mojando las sábanas, la cómoda, el suelo y las paredes. El niño se despertó del susto y poco a poco volvió a aparecerse. Cuando le preguntaron, la enfermera dijo que cuando vio que el niño desaparecía solamente se le vino una frase a la cabeza: el calor dilata los cuerpos, el frío los contrae. Si en niño se estaba diluyendo como un gas, el frío lo volvería a condensar. Parecía de broma, pero las semanas siguientes, mientras los médicos estudiaban su caso, aquello empezó a tener sentido.

En otra ocasión, en la clase de gimnasia en el colegio, en una prueba de salto Wallace empezó a saltar más alto que sus compañeros. Emocionado, siguió dando salto tras salto durante cinco minutos en los que su profesor comprobó que cada vez llegaba más lejos. Cuando su salto superó el récord mundial empezaron a preocuparse, y unos segundos después, sin aviso, Wallace salió despedido como una bala hacia el techo del gimnasio. Todos los niños gritaron mientras él se retorcía de un dolor desconocido allí arriba, en el hueco de dos lámparas. Consiguieron bajarle con una escalera después de media hora, y aún así le encontraron muy ligero. Desconcertados, sus profesores le llevaron al hospital. Se había hecho un esguince en un tobillo en la ascensión, cuando rebotó en la espaldera. Estaba desorientado y con nauseas. Tenía la cabeza hinchada y la nariz obstruida, y no podía permanecer en pie. El médico que le atendió le dijo que parecía que acababa de regresar de una misión espacial, pero a Wallace no le hizo gracia. Él estaba totalmente convencido de que, de no haber estado en un sitio cerrado, su cuerpo ingrávido hubiera atravesado la atmósfera y hubiera muerto perdido en el espacio, en el más absoluto vacío, ahogado por falta de oxígeno. Desde entonces empezó a atesorar un miedo irremediable a los espacios abiertos.

Antes de cumplir los trece le sobrevinieron otros quince sucesos similares. En tres ocasiones evitaron que desapareciera enfriando su cuerpo (o lo que quedaba de él) con agua y con hielo, estando en su casa, o metiéndolo en la cámara frigorífica de un restaurante. En otras dos ocasiones desapareció, directamente; ahora recordaba dónde había estado: le contó a los médicos que era como si hubiera visto el Universo a través de una caleidoscopio. Una vez se libró de salir despedido al infinito porque su madre, al ver que se empezaba a elevar del suelo camino del colegio, le metió de un empujón en una oficina de Correos, en cuyo techo se pasó toda aquella mañana.

Así, según pasaban los meses, los médicos estaban cada vez más convencidos de que su problema no era biológico, sino molecular. El día que cumplió los quince todos acordaron que, según los análisis y los episodios acaecidos hasta esa fecha, en el cuerpo de Wallace se daban una serie de circunstancias desconocidas que provocaban que, en ciertos momentos, fuera invulnerable a las fuerzas fundamentales del universo, sobre todo a la gravedad y a la fuerza nuclear fuerte, la que hace que los átomos del cuerpo permanezcan unidos.

Los átomos de Wallace a veces se desintegraban en protones y en neutrones que se difuminaban por el Universo. Y sin embargo, lo que traía de cabeza a los científicos era descubrir por qué razón sus partículas dispersas volvían a unirse en Wallace, que conservaba, aparentemente, todas sus facultades. Había algo más allá de su cuerpo, algo que tenía que ver con una dimensión personal que se escapaba a las leyes de la Física.

Su madre dejó de ser capaz de cuidar a un adolescente tan problemático y cedió su custodia a los médicos y físicos que le internaron bajo vigilancia en aquel centro de investigación lejos de la civilización. Iban a hacerle pruebas, análisis y experimentos, tal vez, indefinidamente. Querían tenerlo controlado. Wallace odió a su madre el resto de su vida por hacerle aquello. Los periódicos y telediarios comenzaron a llamarle «el viajero».

Pero mucho más allá, Wallace se odiaba a sí mismo. El trauma, episodio a episodio, se hacía insalvable. Y por mucho que lo intentara, no era capaz de tener una vida normal.

Saqué la pequeña grabadora y la puse encima de la mesa. La encendí, carraspeé e intenté empezar a hablar.

—¿Qué tal se encuentra hoy? –le dije.

Wallace miró de reojo a la psicóloga.

—¿Por qué no se lo pregunta a ella? Cree saberlo mejor que yo.

—Wallace… –se quejó la psicóloga como una madre contrariada. Me chirrió aquel tono de voz. No sabía quién era aquella señora, pero tampoco me caía bien, y parecía que me estaba supervisando como si no confiase del todo en el nuevo amiguito de su hijo.

Después de pensarlo unos segundos, decidí que aquella mujer cabreada nos iba a estropear toda la entrevista. Si tenía alguna oportunidad de entrevistar a Wallace no sería con ella allí presente. Le pedí disculpas y le rogué que nos dejara solos para intentar conversar con la mayor tranquilidad. La mujer me miró desafiante, resopló y se marchó de la habitación dando un portazo, como una cría.

Y ahora que ya estábamos a solas, aquello iba a ser aún más complicado.

—Perdone que insista –le dije a Wallace–, pero ¿qué tal se encuentra hoy?

Y después de eso, Wallace, que miraba a la pared blanca de su derecha, que me daba la espalda todo lo que podía, que movía en un impulso enfermizo sus piernas y sus manos, jugueteaba con sus zapatillas y se rascaba la nariz, estuvo diez larguísimos minutos callado. Volví a insistir otras dos veces, intenté conversar, pero no hablaba. Y sin embargo, como todos ellos, yo también sabía comportarme como un crío cabezota y no me marché. Me acomodé en el asiento, saqué algunas notas y me puse a repasarlas. Tenía un hijo de doce años que se comporta igual cuando no quería comer verdura. Se lo dije:

—Tengo un hijo de doce años que se comporta igual que usted cuando no quiere comer verdura. Puede que con la gente con la que convive le funcione, que su psicóloga esté encima de usted todo el tiempo pendiente de sus tonterías. Pero yo no soy estúpido, y usted es un adulto. Si algo le molesta de mí más vale que me lo diga a la cara y se deje de sandeces.

Así pasamos otros cinco minutos.

—Liviano –dijo de repente.

—¿Cómo?

—Me preguntó cómo me sentía, y me siento liviano.

—¿Liviano en sentido de echar a volar?

—No... pero, ¿sabe? Cuando me sucede un episodio de ingravidez la sensación no es exactamente la de salir volando, sino más bien como si una mano invisible tirara de mi cuello hacia arriba, y yo no puedo controlarlo. Es lo mismo que una caída libre, pero sabiendo que al final no te encontrarás el suelo, sino el vacío del espacio. Es terrible ser consciente, durante esos segundos, de que caes y de que tu caída será infinita.

Y seguimos charlando una hora más, como si no hubiera pasado nada.

Después llamaron a la puerta de la sala y tuvimos que cortar la comunicación. Le pregunté si le importaba que regresase para continuar la entrevista los próximos días y, asombrosamente, aceptó. Parecía que algo con respecto a mí había cambiado radicalmente, algo que a mí se me escapaba. Seguía siendo el mismo estúpido, pero al menos ahora me dirigía la palabra.

Se lo pregunté al día siguiente.

—¿Qué fue lo le hizo cambiar de opinión ayer con respecto a mí?

—Consiguió echar a la psicóloga de aquí.

—¿En serio fue por eso?

—No... –me miró y creí reconocer una broma–. Aquí hay mucho doctor en Física Cuántica y Medicina Molecular, pero poco ser humano.

Aún así, me enteré de que la psicóloga se había quejado de mi actitud a la directora del centro. Los pasillos y los quicios de las puertas se llenaron de ojos desconfiados. Como en el patio de un colegio.

Aquella semana tuve tres entrevistas más con Wallace, que en total fueron cinco. Grabé ocho horas de conversación y me hice con fotografías y documentos. Una de aquellas tardes, antes de regresar, pude por fin encontrarme con su madre adoptiva.

Me había costado muchísimo localizarla, y más aún, convencerla de que me recibiese. Por lo visto, huía de la prensa como del agua escaldada, porque en todos aquellos años no dejaron de recriminarle que hubiera abandonado a su hijo.

—Pero yo no lo abandoné, ¿sabe? –me dijo aquella tarde–. No podía hacer otra cosa. Si ya es difícil cuidar de un adolescente una madre sola, ¿cómo cuidar de uno que puede desaparecer durante días o salir volando en mitad de la calle? ¿Cómo vivir una vida cotidiana sabiendo que puede morir en cualquier momento? Era como una enfermedad terminal, y eso no se puede superar sin ayuda. ¿Cómo no iba a aceptar la ayuda si eso iba a ser mejor para él? Y a nadie le ha preocupado defenderme, nadie se ha preocupado de recordar que durante todos estos años estuve yendo al centro semana tras semana con la esperanza de poder visitar a Wallace, y él no quiso volver a verme. Le he escrito cartas que sé que conserva, pero que no me ha contestado. Le he enviado regalos por su cumpleaños y por Navidad todos los años, sin faltar ni uno solo. Ha habido épocas en que no he dejado de llamar por teléfono ni un solo día para ver si podía hablar con él, y no se quería poner. Las veces que le he visto han sido obligadas, como un preso. No me malinterprete, yo quiero a mi hijo, ¿sabe?, pero se merece lo que tiene. Podría vivir mucho mejor si no fuera tan malvado.

—¿Malvado?

—No... no ponga eso en su artículo, porque siempre quedo como la mala. Ahora puedo verle una vez al mes, y se deja, no quiero perder eso... Soy la única que cree que él no es una víctima de nada, y que no debería ser tratado como tal. Se le trata con mucha más misericordia que a cualquier enfermo común, y éstos tienen mucho más aprecio por la vida.

No sabía qué preguntarle. Era una señora dolorida por los años, que vivía sola en una pequeña casita, cuidando de sus plantas y de sus pájaros, a la que los vecinos saludaban al pasar. Se la veía desgastada, ajada por tanto tiempo de sufrimiento. Por el fracaso de su matrimonio, por la enfermedad de su hijo, por su pérdida. Me prestó algunas fotos de Wallace de niño.

—¿Wallace siempre fue tan serio?

—Sí... –dijo su madre–, siempre. Se reía, como todos los niños, pero le costaba mucho sonreír, y era muy reservado. Lo sigue siendo, de hecho.

—¿Cree que el trauma que debió pasar antes de los tres años, cuando apareció, tiene algo que ver en eso?

—Yo no soy doctora en nada, ¿sabe?, pero sí sé muchas cosas por intuición. Algo le tuvo que pasar a aquel niño, algo que él nunca ha podido recordar, ni tan siquiera años después con terapias... Cuando le internaron, gastaron mucho tiempo con hipnosis y cosas de esas para hacerle recordar algo anterior a su aparición en Covent

Garden, pero nada. Allí no había nada. Y nunca tuvo pesadillas ni terrores nocturnos, nunca me contó nada. Era como si antes de cumplir tres años nunca hubiera existido.

—Pero algo tuvo que pasar.

—Wallace puede que sea la persona más extraordinaria de este planeta, y eso no surge de la nada. Los chismosos dijeron que nuestro divorcio fue el desencadenante, pero no es verdad. Tan solo que fue una mala época.

—¿Qué hay de su ex marido, del padre de Wallace?

—¿Arthur? De ese malparido solamente se puede decir que además de ex esposo es un ex padre. Cuando nos separamos y él se marchó dijo que no quería saber nada del niño ni de mí, y en eso se quedó. La prensa intentó contactar con él tiempo después, pero nada. Ánimo si quiere localizarle, a mí me da igual, pero si le encuentra, dígale de mi parte que esperaba que ya estuviera muerto.

En el viaje de vuelta a casa escuché parte de aquellas conversaciones con los auriculares puestos. Volvía atrás a ciertos pasajes porque había algo en ellos que me había empezado a obsesionar. Había tenido la suerte (o la desgracia, nunca se sabe) de que no tuviera lugar ningún episodio de los suyos mientras yo estuve allí. Aún así le pedí a la directora que si ocurría algo en todo el tiempo que tardaba en redactar el reportaje me lo hiciera saber. No confiaba mucho en ellos, así que antes de salir de allí el último día, por si acaso, me hice con el teléfono de su extensión particular.

Mi mujer y mis dos hijos me esperaron dormidos. Cuando llegué a casa cerré la puerta con sigilo y dejé la maleta abandonada en el salón. Busqué a mi hijo el mayor, el de doce años, en su habitación. Se había quedado dormido con un cómic en la mano. Pensaba en su vida truncada por un suceso anómalo, por una enfermedad peregrina, como Wallace a su edad, y no podía comprenderlo. Le apagué la luz y le di un beso. Mi hija pequeña, que tenía cuatro, dormía en su pequeña camita. Me senté allí a su vera y pensé que Wallace era incluso más pequeño que ella cuando le encontraron. Pensé en la fragilidad de mi hija, tan sonriente, tan parlanchina, y en lo que me costaba imaginarme a un niño de tres años serio y callado viéndola a ella. No, Wallace no podía ser normal. Después fui a mi habitación. Me puse el pijama que tenía detrás de la puerta, me metí en la cama y me acurruqué junto a mi mujer.

—Vaya, me quedé dormida –me dijo adormilada, acogiéndome en sus brazos y dándome un beso.

—No importa –le dije, temblando de miedo y de frío–, duérmete. Ya estoy en casa.

Me lo repetí. Ya estaba en casa. Me daba la sensación de que había estado tremendamente lejos.

A la mañana siguiente, en el despacho, aquellas ocho horas de conversación volvieron a pasar por delante de mí a retazos. Clasifiqué los documentos y los escaneé, y me ocupé en devolver los originales. Había conseguido una copia de su partida de nacimiento, pero no de la primera, sino de la que tuvieron que crear después de encontrarlo. Su nombre era Wallace Raymond Mann, hijo de Dora y Arthur Mann. Nacido en lugar desconocido, en fecha desconocida. Por los exámenes médicos decidieron que tendría unos tres años y medio, y su cumpleaños lo situaron el 12 de febrero, el día que fue encontrado.

Volví a algunas preguntas y respuestas una y otra vez, porque tal y como intuí mientras las realizaba, él siempre hablaba con dobles sentidos, con muchas ambigüedades, esperando confundirme o, tal vez, retarme.

Fue en aquellos días que siguieron a mi regreso en los que la idea se fue grabando poco a poco, con una certeza indeleble, en mi subconsciente. Cuanto más tiempo pasaba con aquel hombre, más tomaba conciencia de la situación en la que me había llegado a poner. Algo inevitable se me estaba echando encima.

—¿Qué le parece que le llamen *el viajero*?
—No está mal.
—¿Le gusta, le ofende…?
—No, me da igual.
—Sabe de dónde surgió, ¿no?
—Sí… ¿no fue un periodista de Glasgow el que me lo puso? Pero no es del todo cierto.
—¿No?
—Nunca son viajes de placer. No puedo controlar la partida ni el regreso, ni el lugar el que visito. No soy un viajero de verdad.
—Pero el nombre no le molesta, aunque no sea del todo exacto.
—Tal vez no me moleste porque tenga algo de exactitud.
—¿Qué quiere decir con eso?
—Que deje de hacerme preguntas estúpidas.

—La pregunta del millón… ¿qué es lo que recuerda a su regreso de un episodio nuclear, como los especialistas llaman a sus desapariciones?
—Depende…
—Bueno, ¿recuerda algo del primer día que desapareció?
—No, de aquella vez no recuerdo nada. Ni de la siguiente. Yo solo recuerdo despertarme en mi cama y verme calado hasta los huesos y a tres mujeres mirándome con estupor. Eso me puso muy furioso.
—¿Le puso furioso? ¿Por qué?
—Yo no sabía qué hacían allí. Me miraban fijamente. Me miraban como si fuera un bicho de feria. Los odio.

—¿A quienes le salvaron la vida?

— A mí la vida me da igual, pero odio que me miren como a un mono a través de una reja, o como a un pez en un acuario. Odio eso, lo odio.

—Bueno... volviendo al tema. ¿Qué primer episodio recuerda?

—No lo sé. Ahora mismo no sé nada. Ahora mismo estoy furioso. Maldito bastardo, ¿por qué me pone furioso?

Y tiró la grabadora contra la ventana de un manotazo.

—En general, ¿qué cosas recuerda de sus viajes astrales?

—¿Sabe?, je, je... Ahí fuera hay cientos de gilipollas buscando desesperadamente la experiencia de los viajes astrales, y yo no los quiero para nada.

—Si pudiera, ¿se desprendería de sus episodios?

—No lo sé. También me es útil.

En ese momento paré la cinta. Ahí estaba otra vez, la duda. Y el hombre no había dejado de torearme.

—¿Útil? ¿Para qué? ¿Qué ve en esos viajes?

—Casi siempre es lo mismo, es como viajar a través de la luz. Luminosidad absoluta. Como regresar al Big Bang. Aunque a veces me da la sensación de que veo lugares, paisajes extraños, cielos violetas, incluso gente, pero gente indefinida y llena de luz. Tenga en cuenta que mis ojos se desintegran, todo esto podría ser falso o producto de un delirio.

—Y sin embargo asegura que es útil. ¿Por qué?

—No, útil, no.

—Usted ha dicho útil.

—No.

—Por supuesto que sí.

—Mire, si se va a inventar la entrevista, podría hacerlo en su casa y dejarme a mí en paz.

—A lo largo de los años ha aprendido a reconocer ciertas señales que auguran un suceso. ¿Le gustaría explicármelas?

—No. Las tiene apuntadas en ese papel, no se las voy a explicar.

—Está bien. Dice que cuando va a ocurrir un suceso gravitacional, durante unos minutos, siente que empieza a flotar en el aire, como los astronautas en la Luna. Eso le provocó agorafobia siendo adolescente, ¿no es cierto?... Bien, asiente con la cabeza… ¿Cómo consiguió superarlo?

—¿Superarlo? No lo he hecho en absoluto.

—Pero ayer le vi sentado al aire libre mirando al sol.

—¿Y?

—Que si siguiera siendo agorafóbico no hubiera podido estar allí.

—Es que tal vez usted esté sacando conclusiones muy poco acertadas.

—¿Qué quiere decir?

—Que tal vez tenga agorafobia y un motivo para estar al sol.

—¿Y cuál es ese motivo?

No estaba en la grabación, por supuesto. Lo recordaba como si lo tuviera delante. Entonces sonrió, y fue una sonrisa malvada, sin duda.

—Ah, no, ninguno. Me equivoqué. No quería decir eso.

—Pero lo ha dicho.

—Bah… Deje de psicoanalizarme, para eso ya está mi psicóloga, y lo hace fatal. Casi peor que usted.

—Entonces…

—¿Entonces qué? ¿Cuál era la pregunta?

—¿Qué motivo tiene para tumbarse al sol a pesar de que sabe que en cualquier momento, al aire libre, puede salir volando hasta la estratosfera y morir?

—El motivo es que a mí no me importa morir.

—¿Cómo gasta su tiempo en este lugar?
—Hago cosas.
—¿Por ejemplo…?
—Comer. Dormir. Ver la televisión.
—¿Le gusta la televisión?
—Es una mierda. Algunas series no están mal. El cine a veces merece la pena. Pero prefiero los libros.
—Ayer me comentó que leía muchas biografías.
—Sí, los del centro me tienen montada una buena biblioteca, y compro libros por Internet.
—¿Qué libros?
—Principalmente, ediciones facsímiles de códices medievales.
—¿En serio? ¿Le gusta ese tipo de arte?
—Para nada, pero los gastos corren a cuenta de la empresa, y es un lujo estúpido. Es una de mis venganzas frecuentes.
—¿Usted se venga frecuentemente?
—Principalmente del Estado opresor. Suena curioso eso del «Estado opresor», ¿no? –se rió. Fue muy siniestro–. Suena a conflicto anarcosocialista de principios del siglo XX.
—Pero el Estado opresor cuida de usted.
—Lo hace por su propio interés.
—Me parece que me está tomando el pelo. Todo el mundo debería moverse por motivos desinteresados excepto usted, que se cree tener el derecho a ser todo lo egoísta posible.
Silencio.

—Los científicos de este centro, en sus mediciones diarias, pueden aventurar con cierta exactitud cuándo se aproxima una cadena de episodios. ¿Cómo lo hacen?
—Bueno… a ver cómo lo explico a esa panda de analfabetos funcionales que usted tiene como lectores… De las cuatro fuerzas

fundamentales, la nuclear débil, la nuclear fuerte, la de la gravedad y la electromagnética, a mí solamente me fallan, por lo visto, la nuclear fuerte y la gravedad. Si fallara la nuclear débil moriría sin remedio, porque las partículas subatómicas en las que se transformaría mi cuerpo tendrían una vida libre demasiado corta para que diera tiempo a volverse a juntar, y sin embargo, los neutrones que se liberan cuando falla la nuclear fuerte tienen una vida de quince minutos, lo que hace que puedan regresar a su estado cuando el efecto del «apagón» se pasa. La gravedad es una fuerza universal que funciona a gran escala, pero según la teoría de cuerdas actualmente es una fuerza muy débil puesto que gran parte de su extensión está plegada sobre sí misma y pierde efecto. Claro que la teoría de cuerdas habría de demostrarla, pero en este caso explicaría mis fenómenos. La única fuerza que no puedo dejar de sufrir es la electromagnética, que también funciona a gran escala, como la gravedad. Y, sin embargo, descubrieron que hay ciertas mediciones de mis ondas electromagnéticas que se descontrolan los días previos y los posteriores a los sucesos. Si me miden frecuentemente, cuando dan con lecturas descontroladas me encierran en el sótano de manera preventiva.

—¿Qué es ese sótano?

—Una cámara refrigerada dentro de la zona de seguridad del reactor nuclear. Las paredes están frías y así pueden controlar la gasificación de mis átomos.

—Así que la fuerza electromagnética no puede fallar.

—No, al menos, que sepamos. Pero a veces funciona mal. Alguna vez me he quedado pegado a la nevera de la cocina como un imán. Y una vez también dejó de funcionar, o eso creo yo.

—¿Cuándo?

—Puse agua en la bañera, me senté y tiré el microondas encendido dentro. Y no pasó nada.

—¿Cómo fue eso posible?

—Bueno, la fuerza electromagnética provoca que nuestras células tengan electricidad, por eso somos conductores de electricidad y podemos morir electrocutados. Si falló, pues falló. Yo no era conductor en ese momento. Mis células estaban muertas.

—Me deja de piedra.

—Tenga en cuenta que a Frankenstein lo revivieron friéndolo a descargas.

—Frankenstein es un personaje de novela.

—Yo también. O lo seré, seguro. Soy inmortal.

—Pero dice que intentó suicidarse.

—Cosas que pasan. En realidad no fue intencionado, solamente curiosidad. Tengo mucho tiempo para aburrirme en este maldito lugar. Al día siguiente mis cuidadores preguntaron por el microondas y les dije que se lo había llevado un vagabundo.

Siempre empezaba las entrevistas con la misma pregunta.

—¿Qué tal se encuentra hoy?

Aquella era la grabación del penúltimo día.

—Descompensado.

—¿Qué quiere decir?

—Las pesas de mi balanza no están equilibradas, pero aún no me decanto por nada. No sé qué decidir.

—Pero usted se me quejaba el otro día que estaba harto de no poder tomar sus propias decisiones.

—Y no puedo.

—Pero ahora dice que tiene que tomar una decisión.

—Sí.

—¿Qué decisión es esa?

—La única que puedo tomar.

—¿Cuál?

Silencio.

—No se lo voy a poner demasiado fácil, amigo.

—¿El qué?

—No me lo va a sacar así, por las buenas, yo no soy ningún tonto.

—No, solamente se lo hace.

—No se meta conmigo, si me tratan como a un niño, me portaré como un niño.

—Usted siempre habla con mucho odio hacia los que trabajan en este centro, ¿por qué?

—Porque los odio.

—Pero cuidan de usted, de su supervivencia. Y su vida está sirviendo para dar grandes pasos en la Ciencia. A pesar de su sacrificio, podría sentirse orgulloso.

—¿Orgulloso? ¿Se cree que soy imbécil? ¿De qué me sirve todo esto? Cuénteme, a ver. Ellos se lo pasan bomba con sus juguetitos, a mí no me dejan hacer nada. No puedo salir de aquí porque moriría. Me daría igual estar vivo o muerto o ser un zombi chupacerebros.

—La vida ya es, de por sí, bastante privilegio, ¿no cree?

—Para nada. La vida es un lujo execrable. Hay demasiada gente que la atesora y la malgasta. Y la mía, mientras tanto, no sirve para nada.

—No exagere, tiene todos los lujos que quiere a cargo del Estado.

—Tengo una cárcel lujosa.

Después susurró algo que en su momento no reconocí, pero que se quedó en la grabación. Volví atrás y subí el volumen.

—...todos los lujos que quiere a cargo del Estado.

—Tengo una cárcel lujosa... y espero que salte por los aires.

Aquel hombre no estaba sereno.

—¿Cuál es esa decisión? ¿Me lo va a decir?

—¿Quiere que se lo diga?

—Por supuesto.

—Pues no lo sé, porque ando descompensado. No sé si decantarme por lo conocido o por lo desconocido.

—¿Y qué es cada cosa?

—No sé si quedarme con el asco que conozco o con la bondad que dicen que existe, pero no para mí.

—¿Y qué otros personajes históricos le caen bien?

—Uno de mis favoritos es Napoleón. No puedo evitar identificarme con él.

—¿Por qué razón en particular?

—Tampoco nadie entiende mis aspiraciones, y es posible que si me descubrieran los secretos que guardo también quisieran desterrarme.

—¿Y qué secretos esconde?

—Algunos.

—Siempre dice que aquí no pasa nada interesante.

—No es del todo cierto todo lo que yo diga, entonces.

—¿Y eso hasta dónde afecta a esta entrevista?

—Pues… en poco. Con usted he sido bastante sincero.

—Un poco críptico.

—La situación lo requiere, usted es un entrometido.

—¿Y en qué me ando entrometiendo?

Silencio a modo de respuesta.

—¿Cómo recuerda su infancia? ¿Qué hay de la vida antes de los sucesos?

—Nada del otro mundo.

—¿Cómo vivió la separación de sus padres?
—No tan traumático como andan diciendo por ahí. Antes del divorcio y la separación mi padre pasó mucho tiempo fuera de casa a periodos intermitentes. No le veía casi nunca.
—¿Cree que eso le acabó afectando?
—¿El qué?
—El padre ausente.
—Me debió afectar, pero importa poco.
—¿Por qué importa poco?
—Porque para entonces ya nada importaba más que mis episodios. Para entonces mi personalidad importaba un carajo, solamente querían saber qué pasaba cuando desaparecía. No les importo yo, sino mis facultades. Son hipócritas, desconsiderados, y unos imbéciles. Nunca les he importado. Todo este edificio, todo este maldito país, lleno de científicos rimbombantes, de periodistas inútiles haciendo historias sobre mi vida, y sin embargo… yo les importo una mierda. No se ofenda por lo de los periodistas.
—Pero los odia.
—Igual que odio a todo el mundo.
—¿Odia a su padre?
—No demasiado.
—¿Y a su madre?
—No demasiado.
—¿Y por qué no quiere verla?
—Me abandonó aquí.
—¿Y odia a los doctores?
—A esos a los que más.
—¿Por qué?
—Porque ellos terminan sus ocho horas laborales y se marchan a casa. Yo no soy una persona, yo soy su trabajo. Así que para mí ellos tampoco son personas, no tengo que tenerles respeto.

—¿Hay alguien que le caiga bien?

—Bueno, no nadie actual. He leído muchas biografías de personajes famosos. Einstein me cae bien, pero se dejó llevar por sus prejuicios y la pifió. No sé por qué se arrepintió de la bomba atómica, fue un gran invento.

—Fue un invento terrible.

—No diga tonterías, ¿preferiría que la Segunda Guerra Mundial hubiera durado indefinidamente? Vale, Hitler cayó, pero los japoneses tenían suficiente potencial como para conquistar el Pacífico y el mundo entero. ¿Se imagina ahora un mundo dominado por fascistas japoneses? Yo hubiera hecho lo mismo. Me encanta esa bomba. Si lo piensa un poco, yo soy una bomba nuclear, podría explotar en cualquier momento... –y se rió.

—No me puedo creer que defienda un holocausto nuclear.

—No tienen ni idea... Ustedes son todos igual de estúpidos.

—¿Quiénes?

—Los estúpidos pacifistas.

—¿Usted no se considera pacifista?

—A mí me encanta la guerra.

Me fijé. Rebobiné. Tal vez me estaba obsesionando con tonterías.

—... me encanta la guerra.

No dijo *me hubiera encantado*, sino *me encanta*.

—¿Y para qué? Las guerras surgen de los conflictos de intereses. ¿Por qué lucharía usted si no quiere defender la vida de nadie?

—Lucharía por luchar. Por matar. Por la ira. Sí, me dejaría llevar por toda mi ira. Sería fantástico: gritar y salir al frente, en medio del miedo y el asco, y propagar el caos.

Tardé poco en convencerme. Tenía que aclarar aquello, así que descolgué el teléfono y marqué los números que había secuestrado del centro de investigación.

—¿Diga?

—Hola, soy Samuel Medina, el periodista que estuvo allí la semana pasada, quisiera hablar con usted unos minutos.

—¿Cómo tiene este número?

—Bueno, llamé al centro y su secretaria me pasó –mentí.

—Ah… –parecía desconcertada, pero de mejor humor que otros días–. Pues dígame.

—Supongo que es algo que ustedes ya saben por los exámenes psicológicos y todo eso, pero quería conocer su opinión. Revisando mis notas me he percatado de que Wallace tiene unas muy marcadas tendencias suicidas. Quería saber si eso afecta normalmente a su rutina y cómo es el trabajo de los psicólogos.

—¿Suicida? No lo creo.

Me quedé mudo de la impresión.

—¿En serio? Porque podría enviarle muchas de las transcripciones en que habla de ello conmigo con toda claridad. Dice que su vida no sirve para nada, que no importaría si estuviera muerto… No sé, pero me dio la sensación de que Wallace fantasea con esa idea.

—Le puedo asegurar que en los últimos reconocimientos no ha salido nada de eso a la luz. Tenga en cuenta que es una persona muy manipuladora.

—Lo sé, pero, ¿no ha pensado que tal vez en vez de manipularme a mí les esté manipulando a ustedes? Me dejó muy claro que no soporta a su psicóloga.

—Sinceramente, yo tampoco la soporto demasiado.

—Por favor, podría volver a comprobarlo… No sé, tal vez, preguntar a otros especialistas, o a gente cercana a Wallace.

—Lo intentaré.

—Muchas gracias. Y, por cierto, una última cosa. Hubo un par de detalles que se quedaron en el aire, ¿podría hablar otra vez con él, en algún momento, aunque fuera por teléfono?

—Es un hombre libre, puede hablar con él cuando quiera, si es que quiere cogerle la llamada.

Lo dudaba, pero no se lo dije. Me dio el número privado de sus estancias.

Y sin embargo, nada tenía sentido.

Al día siguiente logré conectarme con Wallace.

—Hola, me alegra volver a saludarle –mentí.

—¿Qué tal?

—Muy bien, gracias, ¿y usted?

—Aquí, rebozándome en la misma mierda.

—Eh… Hubo un par de cosas en nuestra entrevista que se quedaron en el aire. No sé si porque se le pasaron por alto o porque no quiso decírmelo, pero al menos me gustaría aclararlo.

—Bueno, dispare.

—No me quedó muy clara la razón por la cual últimamente pasaba tanto tiempo al sol, a pesar del peligro.

—¿Dónde está ahora? –me interrumpió.

—En mi casa.

—Eso está lejos, ¿no?

—Sí. ¿Por qué?

—No, por nada.

—Ah… Pues entonces, ¿qué me dice?

—Radiaciones electromagnéticas.

—¿Cómo?

—Radiaciones electromagnéticas.

—¿Esa es la razón?

—Sé un chico listo y haz tus deberes, cretino.

Y me colgó.

Pasaron ocho minutos y mi teléfono sonó. Era él.

—¿No sería fantástico que este año nuevo de verdad empezara siendo nuevo?

—¿Nuevo? Siempre es nuevo, por eso se llama año nuevo.

—Bueno… en realidad el principio del año nunca estuvo en enero. En realidad los romanos tenían un calendario de diez meses, como todo el mundo. El año se regía por el ritmo de los cultivos. Eso de enero y febrero fue una chapuza, el año comienza en marzo. Pero por una vez, no estaría mal que algo realmente sorprendente ocurriera el uno de enero, justo al principio de todo, los primeros segundos, algo asombroso que significara un punto y aparte.

—¿De qué habla? ¿Qué está planeando?

—Ay… usted es un malpensado. No estoy planeando nada: el plan ha venido a mí. Estaba prefijado, la gran broma cósmica. El último viaje. Ahora todo tiene sentido.

—¿Qué tiene sentido?

—Mi vida.

—Mire, estoy harto de todo este juego, si trata de decirme algo dígamelo claramente.

—Mire, hablando de tonterías, a mí me molesta mucho eso de que la Historia se divida en antes y después de Cristo, ¿y qué hizo Cristo? Montó una pequeña pelotera que tardó siglos en expandirse, ¡siglos! Podríamos hacer algo más rápido, ¿no cree? Estamos en la Edad Globalizada, aquí todo pasa al instante.

—¿Y qué tiene pensado que ocurra?

—Radiaciones electromagnéticas, amigo.

—Ah, no… No empiece con eso otra vez…

—Lo siento, se lo dije, si no ha hecho sus deberes es asunto suyo.

Colgó.

Maldito impostor. Farsante, idiota, manipulador, pervertido. Tiré el teléfono al otro lado de la habitación y rebotó en la moqueta. Busqué como un estúpido todas las referencias que pude de las malditas radiaciones. La emiten las estrellas, como el sol.

De repente se hizo la luz, una luz absoluta y cegadora como la que Wallace aseguraba ver cuando atravesaba la barrera molecular. Tenía que volver a verle, tenía que volver allí. Aquello tenía que cobrar sentido.

Dos días después volvía a estar en aquel complejo científico a las afueras de Londres. Volvía a recorrer los pasillos internos que llevaban al centro de la Tierra. Volvía a las miradas desconfiadas de la directora del centro.

—Creo que Wallace está tramando algo –le dije en su despacho.

—Siempre está tramando algo. De verdad, no es un buen día para conspiraciones.

—No, me refiero a algo serio.

No me creían.

No importaba, iba a hablar con él, esta vez cara a cara y seriamente. En la sala, mientras Wallace llegaba de su análisis médico diario, la psicóloga me miraba fijamente sin decir nada.

—Usted me pone nerviosa –me dijo.

—Mal asunto para una psicóloga, entonces.

Se marchó otra vez cuando Wallace llegó. No me esperaba. Llegaba serio por el pasillo y, al verme allí sentado, sonrió forzosamente y se puso a canturrear algo. No le iba a preguntar por ello, esta vez jugaríamos a mi juego. Lo había planeado. Igualmente encendí la grabadora.

—¿Sigue tomando el sol? –le dije.

—Por supuesto.

—¿Sigue con el miedo a salir volando?

—Por supuesto.

—Usted está intentando provocarse un episodio, ¿no es verdad?

Miró la grabadora con desconfianza.

—Más le vale que hable, no pienso apagarla –confesé–. Se ha pasado las últimas semanas tomándome el pelo como un crío estúpido.

Y estoy harto de las intrigas de este grupo enfermizo de gente. Yo soy un periodista serio, no me gusta que se rían de mí. Me ha hecho volver aquí con la absoluta certeza de que o bien es el mayor embustero de la historia o me ha querido confesar algo. Tal vez algo que no se atreva a nombrar. Ya no quedan más jueguecitos, Wallace, ahora es mi turno.

—Pues formule una pregunta.

—¿Qué se trae entre manos? Los médicos aseguran que los episodios son esporádicos e impredecibles.

—Los médicos pueden equivocarse.

—¿Se equivocan?

—Tal vez.

—¿Eso quiere decir que sí?

—Eso quiere decir que tal vez. Todo en este mundo es demasiado relativo, ¿no cree?

—No, a veces hay verdades como templos.

—Entonces pregúnteles por el suceso de anoche.

Como una pelota de pimpón, de vuelta en el despacho de la directora, y sabiendo que aquello podía seguir así indefinidamente, se lo pregunté.

—¿Qué ocurrió anoche aquí, señora Clark?

—¿Cómo sabe eso?

—Trabajo de periodista –dije con hastío.

La doctora suspiró y me miró fijamente en un punto de arrepentirse de contarme lo que me iba a contar, o tal vez fuera algo parecido al aburrimiento.

—Anoche saltó la alarma en uno de los reactores nucleares. Saltó, los controladores fueron a ver qué ocurría y cuando llegaron se apagó. Comprobaron los paneles, y estaba en orden. Cuando se dieron la vuelta para marcharse la alarma volvió a saltar, se giraron, y se apagó; daban un paso para marcharse y se encendía, se volvían a girar, y se apagaba. Así durante una hora. Pensamos que hay algo que está ocurriendo y que no podemos controlar, y estamos investigando.

—¿Algo?

— O alguien.

—¿Wallace? Fue él quien me lo contó.

—No, él no puede ser. No puede controlar sus episodios.

—Pero si pudiera controlarlos, parece una de sus bromas, ¿no?

—Si tomáramos por cierto todo lo que lo aparenta, no viviríamos tranquilos.

—Tal vez sea Wallace haya descubierto algo y no se lo haya contado a nadie.

—No es posible, le tenemos vigilado.

—¿Cómo lo sabe?

—Déjese de paranoias, por favor. Aquí no pasa nada. Lo de anoche fue un incidente aislado al que le encontraremos una solución mucho menos amenazante, y ese loco caprichoso no tiene nada que ver ni que decir en esto.

—¿Y cómo explica que supiera del suceso?

—Porque vive aquí, se pasa el día pululando por las instalaciones y oye hablar a los operarios. No siga por ese camino, se lo advierto, ya hemos tenido mucha paciencia con usted.

—¿Y qué quiere que haga? Deciden que no pasa nada porque les da pereza que pasara algo y tengan que encargarse de ello. ¿Es una broma? Si no me dan una respuesta voy a denunciarlo.

—No tiene pruebas.

—Tengo las conversaciones con Wallace, en las que asegura que su intención es propagar el caos.

—¿También le ha dicho lo del año nuevo?

Pedí que me lo repitiera.

—Lo de que ojalá este uno de enero ocurriera algo interesante. Y se pone a hablar de la bomba atómica... Lo ha hecho con todos. Le dije que le encanta manipular –me dijo la directora.

—Le tratan como si fuera un niño travieso, y es posible que todo esto ocurra porque le tratan así y no le dan otra respuesta más que castigos y restricciones. Y Wallace tiene razón, tienen muchos títulos, pero pocas ganas de vivir...

—No se meta con mis ganas de vivir, caballero. Wallace está mejor tratado aquí que ningún otro enfermo del país.

—Es un preso. Un preso sin juicio y sin condena.

—Es peligroso.

—Ustedes le han hecho peligroso.

—A ver cómo lo demuestra.

No, no me atrevía a decir que temía seriamente por un suceso irremediable el uno de enero. Pero al salir de allí me desvié hasta donde solía tumbarse Wallace para tomar el sol, y allí lo encontré. Como en nuestro primer día, le interrumpí la luz y él no se movió del suelo.

—¿A que le han dicho que yo soy inofensivo? –me dijo riéndose malvadamente–. Ya se lo dije, nunca le creerán.

—A mí nunca me ha dicho nada de eso.

—Pues se lo digo ahora. Noto la desconfianza y la rabia en sus ojos, si pudiera deshacerme en átomos y meterme furtivamente en su cerebro en este mismo instante, lo encontraría casi en ebullición, ¿verdad?

—La verdad es que me equivoqué con usted, Wallace.

Puso cara de incógnita.

—Pensé –le dije– que usted era una víctima de este sistema, que se comportaba así porque había llevado una infancia complicada y no había tenido cariño. Pero usted no es una víctima de nada, usted es un malvado, el villano de un cuento para niños. Solamente desea el mal de los demás, y ni tan siquiera lo desea a cambio de su propio bien. A eso se le llama maldad, no victimismo. Daré con usted, se lo aseguro.

—Pues espero volver a verle entonces –me dijo despidiéndose con la mano.

Volví a casa, volví al trabajo unos días antes de Navidad, cuando casi todos estaban de vacaciones y lo hablé con el director de mi periódico. Aunque siempre le había tomado por alguien audaz y atrevido, me aseguró que mis sospechas, aunque terribles, no estaban bien fundadas, que él no se quería meter con los del Consejo Nuclear y que de aquello no había mucho más que hablar. Si quería decir algo, más valía que fuera inofensivo.

Cuando el miedo es una reacción a una situación tensa, la tendencia es solucionar la tensión para solucionar el miedo, o al menos huir de él. Luego están los miedos irracionales y luego estaba el miedo que yo le tenía a Wallace, que era racional, pero inespecífico.

Hasta donde había podido saber, intentaba provocarse episodios sometiéndose inhumanamente a las radiaciones solares y hablaba de las bombas atómicas, del caos y la muerte. Hasta donde llegaba a sospechar, había conseguido controlar sus «poderes» hasta el punto de causar altercados nucleares y volver locos a los técnicos, aunque desde la dirección lo desmintieran. Más allá de eso, más allá de saber que fantaseaba con la idea de provocar un altercado planetario el uno de enero, no sabía nada más, ni podía sospecharlo, aunque la intuición de un dolor inminente se me cobijó dentro.

Llamé un par de veces al centro en nombre del periódico a ver si me podían confirmar más sucesos extraños como los de la noche previa a mi última visita, pero ni siquiera logré hablar con ellos. Todo andaba emponzoñado con las fiestas de Navidad y Año Nuevo, el maldito Año Nuevo.

Repasaba las cintas una y otra vez y mi mujer me confesó una mañana que estaba extremadamente sensible. Ella me dijo, con toda su sensatez, que yo sería probablemente el único loco que creía en un loco. Pero había conseguido, y de eso estaba seguro, hacerme con la imagen real de la mente de aquel perturbado. Cuanto más escuchaba nuestras conversaciones más seguro estaba de todo. Era día 29, se acercaba en fin de año, así que decidí volverme loco del todo, y un maleducado y marqué el teléfono de la directora.

—¿Cómo va todo? –le dije.

—¿El periodista? Es un cabezota, ¿eh? Va a conseguir que me cambie de teléfono.

—Mientras lo hace, ¿cómo va todo allí?

—¿Quiere decir Wallace? Bien, como siempre. Por si le interesa, las mediciones de hoy estaban un poco revueltas, y ahora mismo se encuentra en la sala de refrigeración preventiva.

—Por favor, sáquenle de ahí, no le den la oportunidad de cometer una locura.

—¿Qué locura? Eso solamente existe en su cabeza. Wallace nunca ha dejado de comportarse como siempre, señor Medina, ni antes ni después de que usted viniera.

—Por favor, se lo suplico, se lo... exijo. Saquen de ahí a Wallace.

—No vamos a hacerlo.

—Hágalo o se arrepentirá.

—¿Me está amenazando?

—No, no quería decir eso.

—Me está amenazando... –dijo con sorpresa–. Además de retener sus llamadas, sí, me cambiaré de teléfono.

—No...

—Que tenga un buen día...

—No me cuelgue.

Pero ya había colgado. Mi mujer me miraba con preocupación desde la puerta.

—Estás cansando –me dijo–... Tal vez tengas razón, pero no van a hacerte caso.

—¿Cómo son tan testarudos?

El día 31 por la mañana dejé a los niños en casa jugando con la videoconsola regalo de Navidad y volví a la redacción del periódico a tomar un poco de aire. Éramos yo, la señora de limpieza y tres becarios felices. Anduve trasteando por mi mesa, incapaz de concentrarme, y decidí volver a casa y abandonar mi miedo en la medida que me dejara. Entonces llegó el repartidor de correos.

—Mire, por una vez, no se queje –me dijo al verme.

—¿Por qué me iba a quejar?

—Todos van por ahí diciendo que con el jaleo de las fiestas no trabajamos en Correos. Pues mire, no se queje, enhorabuena: usted ha recibido sus cartas antes del día festivo.

Tenía una única carta, escrita a mano con letra grande y picuda. Wallace Raymond Mann. Me dieron ganas de vomitar. No sé qué extraña casualidad cósmica hizo que yo estuviera allí en aquel momento, que no me hubiera marchado a casa o que hubiera llegado al trabajo a tiempo, que los de Correos se hubieran dado prisa por una vez en su vida, que aquella carta llegara a mis manos en un bendito momento inoportuno.

Estimado señor Medina,

Espero que esta carta le llegue tarde, me voy a esforzar para que así sea, porque no es una advertencia, aunque lo parezca, sino un testamento vital. Mi vida, la que no ha valido nunca para nada, por fin será sacrificada en honor a Shiva y Odín, dioses del caos. Todo lo que nos rodea está condenado a la muerte irremediable. Las células de mi cuerpo, en el caso de que no se desintegraran de una vez por todas en una de mis desapariciones, morirían necesariamente por la oxidación pasados unos cuantos años. Cada latido de nuestros corazones nos acerca segundo a segundo al final de nuestras existencias. En el fondo soy un romántico, un aventurero: no he podido disfrutar de una vida digna, pero disfrutaré de mi muerte, aunque para entonces, supongo, ya no sea consciente de ello.

Tengo que devolverle la pelota que me lanzó en nuestro último encuentro. Sí que tenía razón, pero no en lo que usted creía. Llevo meses planeando este último viaje, del que intenté hablarle en cierta ocasión, pero cuyo hilo no supo seguir. «El viajero» se va de viaje, y esta vez es de placer, un crucero por los mares de ácido sulfúrico de Venus. El 31 de diciembre, un día antes de que le llegue esta carta (si mis cálculos funcionan), Londres y gran parte de los reinos de Inglaterra, Gales y Escocia, saltarán por los aires. Le voy a contar exactamente cómo ocurrirá, o en su caso, cómo ha ocurrido.

Como usted supuso, nunca perdí mi miedo a los espacios abiertos, pero el ansia de lograr un fin superior, incluso superior a mí mismo, me mantenía sereno. Yo fui el primero de todos estos estúpidos en deducir que si mis ondas electromagnéticas se alteraban antes de un episodio, eso tal vez se pudiera provocar. No tenía a mano un imán gigante en el que introducirme, pero el sol, aunque más lento, fue mi solución. Al principio, aburrido de tanto tedio, tan sólo quise saber qué ocurriría. Descubrí que la cantidad de radiación que atesoraba mi cuerpo maltrecho expuesto al sol no era suficiente para hacer saltar los controles a los que me sometían, pero sí lo era para que por las noches ocurrieran cosas inusuales. Pasada una semana desde mi sesión diaria de rayos UVA me desperté en el techo de mi cuarto. Al principio pensé que había ocurrido un episodio nuevo, pero me dije: «voy a bajar de aquí», y por primera vez en mi vida fui capaz de obedecerme. En los días siguientes aprendí que, si era capaz de concentrarme lo suficiente, una parte de mi conciencia se desprendía de mí, y mis átomos desgajados podían entonces trasladar parte de mi conciencia a ciertos lugares, y transformar esos lugares. Aprendí a mover cosas pequeñas: lapiceros, plantas, algunas mesas y sillas más tarde. Era como teletransportarse. No sé explicarlo. No dejo de sentir el tacto de las sábanas en mi cuerpo, pero «realmente» puedo estar en otro sitio. La sensación de poder absoluto… ¿se la puede imaginar?, y más para una persona como yo, que se siente encarcelada. Intenté hacerlo de día, pero solamente funcionaba en lugares lejanos de la luz del sol. Tardé meses en controlarlo bien. Entonces llegó usted, y hacía preguntas, y yo estaba demasiado feliz como para disimularlo. Y entonces llevé a cabo mi siguiente paso del plan, que ocurrió la noche previa a su última visita. Usted tenía razón: yo estaba detrás, y cualquier tipo listo se hubiera dado cuenta de ello, pero los que trabajan conmigo podrían ser sustituidos por chimpancés y aún tardarían un tiempo en darse cuenta.

Todo esto han sido preparativos, nada más, ahora viene lo importante, lo interesante. Me emociono escribiendo esta carta. Estoy feliz y desbocado. Si el fin de la vida del hombre es alcanzar la felicidad, como dicen, yo no he podido ser feliz hasta ahora.

Me he sobreexpuesto a la radiación adrede, la he atesorado dentro de mí hasta provocar que los niveles lleguen a ser alarmantes e inminentes. Entonces me han recluido en esta especie de jaula que me tienen preparada para cuando me pongo salvaje. Los muy cretinos la pusieron junto al reactor nuclear del centro porque es la zona más segura y vigilada, pero no se dieron cuenta de que así ellos iban a ser los responsables de todo lo que ocurra mañana por la noche. Éste es el plan: a las doce de la noche, en medio de los festejos, mientras todos se besan y se descuidan, yo voy a utilizar toda mi fuerza y mi energía para desintegrarme. Entonces me diluiré entre las paredes de la jaula, saldré afuera y caeré dentro del reactor nuclear. Mis átomos descompuestos se mezclarán con los átomos radiactivos y desharán el equilibrio y entonces... Antes de morir veré la luz, inmensa y descontroladamente hermosa de la explosión del reactor. La veré antes de morir, y no después, porque no espero encontrarme nada más allá de la explosión. Y sin embargo usted dirá: «algo falla», porque sin duda es un chico listo. Y tendrá razón. Si estoy dentro de la jaula, con sus paredes frías enfriándome, no podré desintegrarme. Pero para eso encontré una solución. ¿Se acuerda de la mala pécora de mi psicóloga? De alguna manera ocurrió y me confesó que estaba tan desesperadamente enamorada de mí que no le importaba morir. ¿Se lo puede creer? Fue un golpe de suerte cósmico. Le seguí la corriente, yo, que soy totalmente indocto en relaciones femeninas, le seguí el juego y acabé convenciéndola para que corriera mi suerte. Ella desconectará el sistema de refrigeración unos segundos antes de que den las doce. Y, a partir de ese momento, volverá a reinar la luz del Big Bang, como nunca tuvo que dejar de ser.

Me llamarán terrorista, pero usted tenía razón: solamente soy un villano. Y soy feliz así. ¿No pueden dejar a un hombre solo ser feliz? Ahora sí, porque, afortunadamente, esta carta llegará tarde.

Suyo cordial y atómicamente,

Wallace R.M.

Conspiración gelatinosa

REPORTAJE: GOMITRONES EN BARCELONA

Conspiración gelatinosa

La investigación policial revela sospechas de conspiración y sabotaje en el caso de los ositos de gominola que invaden Barcelona.

Barcelona es una ciudad cosmopolita, aunque decirlo así sea una redundancia. Alegre, viva, llena de zonas turísticas que además son barrios residenciales, donde los jubilados sacan a pasear a sus perros entre manadas de turistas japoneses. No deja de ser una ciudad grande, donde cabe todo, con sus barrios sórdidos y sus pasajes oscuros, pero sus calles rezuman familiaridad, pequeños comercios, tradiciones ancestrales combinadas con la innovación burguesa que ha caracterizado desde siempre a esta urbe; y eso es lo que hace que tanto el turista como el residente se sientan irremediablemente en casa.

Y sin embargo, desde hace varios años, algo amenaza su serena tranquilidad con cierta frecuencia. Igual que Godzilla intranquilizó a Tokio y King Kong a Nueva York, otro monstruo catastrófico se pasea a sus anchas por la ciudad, aunque en realidad no es uno, sino muchos: tantos como ositos de gominola caben en el Universo.

Nos adentramos en terrenos pantanosos, o mejor dicho, gelatinosos, llenos de babas de monstruo. En la comisaría de policía de Vía Laietana número 43, dejamos atrás el barullo cotidiano y accedemos a sus entrañas. Subimos varios tramos de escalera y una puerta se abre ante nuestros ojos, y allí dentro, en un espacio diáfano, descansa todo el operativo contra los Gomitrones en varios paneles llenos de planos de Barcelona con chinchetas y marcadores:

listados de empresas subrayados con lápices fluorescentes, números de teléfono asociados a retratos de ciudadanos y direcciones de laboratorios clandestinos. A estos últimos, precisamente, les están estrechando el cerco más que nunca. Hay muchas fotografías de los osos de gominola que invadieron en algún momento la ciudad a lo largo de estos últimos siete años.

—Abajo, en la morgue, conservamos uno de los cadáveres. Luego se lo enseñaremos si quiere verlo –me dice el oficial encargado de mi visita.

Cadáver de oso de gominola, por supuesto. Lo conservan allí, en frío, porque temen una regeneración. En cierta ocasión uno de los brazos amputados, llevado como prueba a esta comisaría, revivió bajo los rayos de una lámpara ultravioleta.

—Y eso alguien ha tenido que inventarlo –dijo el alcalde de Barcelona en su comparecencia pública la noche del segundo altercado, allá por 2002–, y no descansaremos hasta saber quién ha sido.

Y eso es lo que ellos investigan día y noche, pista tras pista, por débil e ilusa que sea. Toda la oficina huele irremediablemente a azúcar tostado. Hay varios ositos de gominola, de los pequeños e inofensivos, empalados en palillos de madera y clavados en el mostrador de la entrada, a modo de bienvenida. Una broma macabra que habla mucho de la voluntad y el tesón de estos agentes.

Intentar soportar el día a día añadiéndole el factor monstruoso a los problemas propios de una gran capital está resultando ser una tarea demasiado complicada. Llevan desde 2002 detrás de la pista del origen y proliferación de los ositos de gominola, luchando por acorralar a los responsables, pero sus descubrimientos y adelantos siguen siendo escasos. Su logro más significativo hasta la fecha ha sido la paralización de la venta de caramelos gelatinosos de aspecto osuno en toda el área de influencia de la ciudad, medida con la que redujeron considerablemente el factor de riesgo de su proliferación. El mayor problema hasta la prohibición era que no se podía saber de dónde surgían los ositos. Aún hoy no se sabe bien, pero al menos no se corre el riesgo de que amenazas potenciales se vendan en cualquier esquina a 75 céntimos la bolsa. Por precaución, tampoco se permite la venta de ninguna chuchería antropomorfa. Nada de momias, vampiros ni zombis de gominola, por si acaso.

En nuestra visita, el oficial que me guía se detiene delante de uno de los mapas y me señala una nave industrial cercana al Aeropuerto de El Prat.

—Desde aquí –me dice– llevan meses trabajando en unos microorganismos capaces de destruir en segundos montañas de gelatina. El problema es que aún no son inocuos a la población.

El problema es que nada de lo que tenga que ver con los Gomitrones es inocuo. Se están gastando cada año varios millones de euros en habilitación de plazas de policía y bomberos, necesarias para solventar estos sucesos; también para investigación y desarrollo. Y parte de ese presupuesto también cae, por contagio, en cientos de indemnizaciones a particulares, empresas y pequeños comercios de las zonas afectadas. En tres ocasiones esas zonas han tenido que ser declaradas catastróficas. Lo más común es la rotura de cristales y aplastamiento de coches, pero esos desastres tienen que indemnizarse y el GEAAG (Grupo Especializado de Acción Antigomitrones, cuyas siglas también coinciden con la onomatopeya *¡geaagg!*, el grito normalmente asociado a los monstruos) lucha contrarreloj para encontrar al culpable y acabar con esta pesadilla peliculera.

El Inspector jefe, Gerard Domènech, un hombre de mediana edad con el pelo canoso y traje impecable, que siempre va bien afeitado y saluda a todo el mundo con la expresión seria y un apretón de manos, no está para tonterías ni para chistes. Nos sentamos en su despacho y me cuenta que han dado con una importante pista que, según sus propias palabras, «les ha puesto en camino». Como en todas las historias importantes, como le dijo Garganta Profunda a Bob Woodward, había que seguir el dinero. Pero el dinero no apareció hasta que una comisión rutinaria no desveló extraños movimientos en las cuentas de algunos altos cargos del Govern los días previos a un ataque. Y es aquí donde el asunto se vuelve aún más opaco, porque los movimientos fueron los días previos, antes de que nadie tuviera conocimiento de los sucesos, y no después, como cabe esperar de los corrientes pagos e indemnizaciones. La policía no da más información y están resueltos a ser completamente herméticos con los medios y con el propio Ajuntament.

Hubo dos cuestiones importantes en esta resolución. La primera, que inexplicablemente los ositos de gominola eran cada vez más grandes, y eso tenía que tener un sentido. Desde el segundo caso, en el que el Gomitrón llegó a alcanzar los quince metros, pocas veces han bajado de esa altura, y poco a poco han ido creciendo. El último, treinta metros de Gomitrón que, literalmente, aterrorizó y paralizó Barcelona durante un día entero. Ni en las mejores épocas de King Kong. En realidad, tiene sentido: si hay alguien se está llevando primas por las indemnizaciones, cuanto más grande sea el monstruo, más destrozos causará. Le pregunto al inspector Domènech si alguien está siguiendo también la pista a las constructoras a las que se les adjudican las reconstrucciones de la ciudad, y guarda silencio, me mira con resignación y cambia de tema. Hermetismo absoluto.

La segunda, un extraño hombre de gabardina beige que se ha avistado en cinco ocasiones en las inmediaciones del surgimiento de un Gomitrón. En dos grabaciones distintas de cámaras de seguridad, en diferentes sucesos, se ve a ese hombre haciendo el mismo gesto: saca su mano del bolsillo y deja algo en el suelo. Mira a su alrededor, se acerca, echa algo encima (unos polvos o un líquido con un cuentagotas, no están seguros aún) y se marcha corriendo. En cuestión de segundos, con una rapidez impresionante, del lugar donde ese hombre estuvo parado surge el Gomitrón, vivo y activo.

—Es rápido y sencillo- dice Domènech-. Su tecnología nos supera, pero les pisamos los talones, y en poco tiempo habremos podido descifrar el agente químico que provoca la reacción. Y ese hombre, al que aún no hemos identificado, o está relacionado con el caso o es el ciudadano más gafe de Barcelona.

Varios testigos, además, le han reconocido.

La ciudad, a pesar de todo, se mantiene serena, y ha llegado a incluir estos sucesos en su rutina. Los niños menores de diez años han crecido con los monstruos, para ellos son un elemento más del imaginario común. Han hecho canciones y camisetas. Hay cientos de webs en Internet que hablan del tema. El turismo ha disminuido, eso sí, aunque como en todo, también con matices. Muchos turistas vienen expresamente a ver si les «toca» un Gomitrón en su visita. En el último caso, a las dos horas del suceso, Internet estaba saturada de fotografías y videos del monstruo. Hay una web donde se premia a aquel chiflado que se saque una fotografía lo más cerca posible de un Gomitrón. Unas turistas alemanas que se llevaron algunos trozos del cadáver de la playa de Nova Icària, los vendieron en eBay por una considerable suma.

Pero más allá del negocio lucrativo al por menor, la conspiración puesta en marcha para la proliferación de Gomitrones tiene que estar amasando una considerable fortuna como para someterse al riesgo de ser los responsables de esta maquinaria de terror y destrucción, atesorando sobre sus cabezas una terrible condena. O en palabras del Inspector Domènech:

—Cuando demos con ellos, su castigo va a ser implacable.

Breve historia de los sucesos gomitrónicos.

Los dulces gelatinosos, fabricados por primera vez en Alemania por Hans Riegel en 1922, pasaron pronto al Olimpo de los caramelos hasta casi hacerse con el monopolio. Sus ingredientes son sencillos, con lo cual los investigadores tienen un problema para localizar su origen: almidón, gelatina en polvo, jarabe de frutas y azúcar, que son sustancias que pueden salir de cualquier cocina.

Los ositos de gominola subsistieron inofensivos durante generaciones hasta que una noche de abril de 2002, en Badalona, apareció el primer *Gomitrón*, de color blanco y monstruosamente agigantado hasta los dos metros de altura, que cobró vida y se paseó por el Carrer de la Creu a sus anchas hasta las cinco de la madrugada, destrozando papeleras a patadas y abollando coches aparcados. Después de aquel suceso, todos los demás han ocurrido dentro del área de Barcelona capital.

Aquel suceso quedó archivado, y mucho se habló de si había sido un sencillo disfraz para una broma un poco vandálica. Pero tres meses después, el 15 de julio de 2002, un Gomitrón de casi quince metros, de color verde, apareció en el Passeig de Gràcia a la altura de Diputació, y caminó dejando un rastro de babas hasta la Avinguda Diagonal, en medio de las cuatro de la tarde, con su consiguiente caos. El monstruo se comportó con mucha agresividad y violencia. Se dañó una balaustrada de la casa Batlló, se arrancaron decenas de árboles de cuajo (árboles que fueron utilizados como armas arrojadizas contra los servicios de emergencia), se aplastaron coches, se reventaron farolas, papeleras, bancos y escaparates de comercios. Incapaces de enfrentarse a tal elemento, consiguieron arrancarle los pies con unas cuerdas de acero tensadas entre dos farolas, y ya en el suelo, lo descuartizaron con hachas y machetes hasta que se quedó sin vida. Pero no resultó ser un método cómodo: en su caída el monstruo se llevó por delante parte de la fachada del Hotel Majestic, y los responsables del hotel denunciaron a la ciudad que había permitido engendrar en su seno a tamaño monstruo.

A partir de ese momento se empezaron a fijar objetivos y se empezó la caza de los culpables, fueran quienes fuesen. Se creó el GEA-AG, y comenzaron a experimentar métodos de aniquilamiento. De entre los métodos probados, el que mejor resultado está dando es el agua caliente, capaz de destruir a uno de estos bichos en menos de dos minutos. Se sabe que cuando pierden su forma antropomorfa (tronco, extremidades y cabeza) pierden su vida. En otras ocasiones se intentó reducirlos con lanzallamas, pero suponía mucho riesgo para la población y los edificios colindantes. El agua salada también los destruye, con lo que pensaron en solucionarlo tirándolos al mar, pero su disolución tarda horas, sino días, dependiendo del tamaño. En los últimos casos se ha arrastrado al monstruo hasta la playa para paralizarlo en la arena y reducirlo más fácilmente, y el servicio de bomberos ha diseñado unos tanques especiales, algo así como teteras gigantes con ruedas, que lanzan chorros de agua hirviendo a gran presión.

Después del segundo suceso, en dos semanas se denunciaron veinticuatro altercados con ositos de gominola que cobraban vida en puntos dispares de la ciudad, pero ninguno superó el metro de estatura. Uno de ellos fue aniquilado por el disparo de escopeta de un ciudadano de a pie, cazador eventual de perdices. Ante el riesgo de que proliferaran las armas de asalto y que la ciudad se llenara de escopetas, revólveres y machetes, se organizaron patrullas nocturnas y aumentó la presencia policial en las calles.

Los ositos de corta estatura desaparecieron de repente, y durante el año siguiente fueron contabilizados catorce sucesos, a más de uno por mes. El más sonoro de todos ellos, el día de Nochebuena de 2003, cuando uno de los osos quiso encaramarse a lo alto de la torre Agbar, entonces en construcción, y casi no consiguen convencerle para que baje.

Mucho se ha escrito y hablado acerca de la supuesta inteligencia de los monstruos, que carecen de estructura ósea o de órganos internos, que están formados en su totalidad de gelatina de colores. Ante el suceso inexplicable, lo único cierto es que se ha podido establecer contacto con ellos en algunas ocasiones, así que se les supone cierta inteligencia, básica y artificial, aunque no comprobable. Les atraen los sonidos agudos y los colores chillones. Siempre intentan subirse a algún lugar alto, bordillos, esculturas o edificios, a pesar de que son físicamente incapaces, con lo que se deduce que su apreciación de las limitaciones corporales debe ser casi nula. A pesar de estar hechos de gelatina, son capaces de ver, de distinguir colores y formas. Son capaces de emitir sonidos a pesar de no tener aparato fonador y les encanta comer mobiliario urbano, aunque en su caso «comer» sea meterse en la boca, llenar de babas de gelatina y escupir después. Ha sido demostrado que este hecho no les reporta ningún beneficio, ni por los minerales ni por los metales que pudieran consumir, con lo que debe ser un acto reflejo incomprensible que se suma a la enorme lista de hechos sin sentido que tienen que ver con los Gomitrones. Sin lugar a dudas, han tenido que salir de la mente de un ser muy retorcido.

Durante los últimos siete años, el número de Gomitrones anuales ha ido descendiendo, aunque por otra parte, han ido aumentando paulatinamente de tamaño. Lo más impactante es que los recientes estudios aseguran que el color de su masa tiene relación son su carácter. Los que tienden al verde y al azul, colores predominantemente fríos, son crueles y sanguinarios, y muy agresivos. Los de colores cálidos, amarillos, rojos o incluso blancos, son mucho más inofensivos. No se ha podido averiguar por qué.

Con el tiempo ciertas teorías sobre su alumbramiento han pasado a mejor vida, caídas por su propio peso. Se pensó en sucesos naturales, o sobrenaturales, en radiaciones solares, gigantismo polar, elementos químicos mutantes. Pero las últimas investigaciones señalan que el factor desencadenante humano está asegurado. Lo cual, hasta cierto punto, es un alivio, aunque es terrible que una ciudad entera dependa de los niveles de maldad de unos villanos.

Ahora solamente queda esperar que pronto se resuelva la conspiración gelatinosa que está en marcha, y que sus culpables sean detenidos y juzgados por esta década de infortunios. Algún día se sabrá si el primer Gomitrón no fue más que un error de laboratorio con el que, vistos los éxitos, un grupo de desalmados decidió sacar tajada. De momento no son más que teorías que dejan un innegable rastro de babas a su paso. Dentro de poco se descubrirá todo, aseguran desde el GEAAG, y entonces, será la primera vez en años que Barcelona pueda descansar verdaderamente tranquila.

La cebolla mística

Oh, vaya, hemos oído hablar de él y de su obra en cientos de ocasiones, en millones de sitios, en deliciosas palabras arrancadas de bocas asombradas. *Él estará allí.* El gran Eleodore, adorado, idolatrado Eleodore, y yo me presento a la gran ceremonia con una mancha de barro en la falda.

Debió de ocurrir cuando salí del Metro junto al parque. Acababan de apagarse los aspersores y el suelo estaba aún embarrado. Debí pisar un charco sin querer. Aquella mancha marrón era como si se me hubiera manchado el estado de ánimo y toda yo llevara una mancha de barro encima, como si yo misma fuera toda una mancha de barro. Mis sandalias me parecían demasiado informales, no sabía si era propio no llevar medias aquella noche aunque hiciera calor. La falda (maldita falda manchada, malditos todos los aspersores) me quedaba a ratos muy larga y a ratos muy corta y yo no me decidía por cuál de las dos opciones sentirme más abrumada. No sabía si la blusa era demasiado simplona. No sabía si en aquellos comienzos de verano era conveniente llevar una chaqueta por si refrescaba. No sabía si el pañuelo negro de seda que llevaba anudado al cuello era apropiado en vez de un collar o cualquier otro adorno. No sabía tampoco si mi pelo recogido lo era. Todo me resultaba sospechoso, todo me hacía estar intranquila. Y cuando puse el pie en la galería de arte de Rochant la sensación de incomodidad se me deslizó debajo de las uñas, igual de incómoda que una astilla.

Rochant no estaba visible. La sala estaba llena de gente gritona y alegre, de hombres y mujeres hablando en corros, fumando y bebiendo y comiendo apoyados en los rincones, observando en pequeños grupos algunos de los cuadros y obras de la colección. Sonaba una música electrónica y estridente, como una docena de gallinas de celo. Dejé mi chaqueta en un improvisado guardarropa de la entrada y a los dos pasos un hombre completamente vestido de azul, con el pelo, las pestañas y los labios teñidos de azul, se me acercó con una bandeja llena de copas de un líquido azul que parecía limpiacristales. El pobre hombre parecía ignorar su situación y sonreía, ofreciéndome aquello.

—¿Es usted un camarero? –le pregunté atónita en medio del follón. El hombre asintió cortés y servicial y me señaló las copas sin decir ni mu. Yo me excusé y el camarero/pompa de jabón se marchó con su sonrisa.

Intenté escabullirme entre el gentío, intentando no encontrarme con nadie conocido antes de llegar al baño. No fue difícil. No conocía a nadie. El baño estaba desierto y el ruido de fuera sonaba acolchado. Parecía que hubieran metido a las gallinas bajo un estanque. Lavé disimuladamente la mancha de barro con agua y jabón, y ya no fue tan terrible. Además, entre el ruido y el humo, nadie lo notaría. Se quedó el cerco mojado, pero no había secador para hacerlo desaparecer, así que decidí meterme en uno de los retretes y sentarme a esperar.

Volví a salir a los diez minutos, esta vez un poco más recompuesta. Había hecho un plan.

Ya sabía, porque todos me lo habían dicho, que era un indiscutible honor haber sido invitada a aquella fiesta. Solamente la gente importante iba. Solamente la gente importante, artísticamente hablando, de aquella ciudad y de las ciudades del resto del mundo. Había sido invitada a la fiesta de Eleodore, el artista, el *performance*, el genio. Tampoco le veía por ahí. La gracia de aquella fiesta era que los que habíamos sido invitados íbamos a presenciar su última obra por una única y exquisita vez. Había escuchado decir que se llamaba *La Cebolla Mística*, y hablaban maravillas aunque no dijeran nada concreto. Rochant me había dicho por teléfono la noche anterior:

—Os va a hacer llorar a todos, os lo aseguro.

Y después reprimió un sollozo emocionado.

Todos los invitados eran artistas importantes, gente de mucha categoría, gente imprescindible, según palabras de Rochant. Que si cayera una bomba en su galería aquella noche, el mundo se quedaría huérfano. Y yo había sido invitada con grandes honores, yo, que no me consideraba gran cosa, que no me tenía esa autoestima artística sublime que se tenían todos los otros amigos de Rochant.

Porque yo era una persona normal. Siempre me había considerado un poco excéntrica debido a mi trabajo, a la herencia musical de mi padre, a sentirnos extraños seres creativos en medio del mundo cotidiano. Yo pensaba que era excéntrica hasta que conocí a Rochant y a su *grupe* y entonces me di cuenta de que no era cierto, que yo era una persona perfectamente normal y serena, de esas que a veces ponen lavadoras y bajan en chándal a comprar el pan.

Mi plan era escabullirme hasta los canapés, tomarme una copa, esperar no encontrarme con nadie conocido y marcharme después. Yo también estaba asombrada por las maravillas que decían de Eleodore, pero mi *descolocamiento* me provocaba nauseas. Allí no encajaba, y aunque me seguía pareciendo un honor haber sido invitada, deseaba con todas mis fuerzas estar en pijama en mi casa, con una copa de whisky, sentada en el salón con los auriculares y poner un poco de John Coltrane a todo volumen. Ya sé que beber a solas es para los desahuciados, pero igual me haría feliz, igual me desintoxicaría de aquel ambiente enfermizo y mientras, la noche seguiría allí fuera, con toda su tranquilidad.

Pero de momento no había John Coltrane.

Me sorprendió muchísimo el día que Rochant, comiendo en un japonés cercano a su galería, me confesó que no sabía quién era Coltrane. Rochant, que era marchante de arte y fotógrafo de cierta calidad, no parecía muy enterado de nada de lo que le hablaba yo nunca, y siempre tenía en la boca palabras, conceptos y gente de la que no había escuchado hablar en la vida. Y él hablaba de toda esa gente y todas esas ideas con su típica cadencia, con aquel tono en la voz tan indescriptiblemente urbano.

Rochant hablaba de sí mismo abriendo mucho las vocales y arrastrando las consonantes al final de las palabras.

—Estudié ocho años en el Strohm Avery College de Ámsterdam… –decía cuando se presentaba.

—¿Ocho? ¿Tantos?

—Ah, sí, la mayor parte del tiempo me lo pasaba en los bares, bebiendo absenta y jugando al ajedrez con el hijo de una cabaretista rusa…

Se me había metido su voz en la cabeza.

Miré un par de cuadros de la galería, que resultaron ser, para la ocasión, algunas fotografías de Rochant a algunas antiguas obras de Eleodore. Y no encontraba una copa normal. Muchos camareros azules me ofrecían aquel limpiacristales que no me daba ninguna confianza. Y no hablemos de los canapés, que parecían sobras recién sacadas del cubo de basura de la entrada. Algunos tenían como moscas fritas encima, con sus patas chamuscadas retorcidas bocarriba. Y yo tenía hambre. Pedí en la barra un vaso de agua con hielo y el barman me miró con desconfianza. Y me senté a esperar, diez minutos más, detrás de unos biombos africanos tras los que había unos pequeños pufs llenos de bolsos de personas desconocidas.

Allí fue donde apareció Rochant de repente.

—Oh, llegaste… –me dijo el anfitrión con una sonrisita malévola– No has venido a saludarme. No me digas que te da miedo esta gente.

—¿A quién? ¿A mí? No es miedo… es que aprecio la soledad.

—La soledad en una fiesta… –me regañó–. Levántate de ahí que te vienes conmigo. Eres mi *otra* estrella del día y debo presentarte en sociedad. ¿Cuánto llevas aquí? ¿Qué estás bebiendo? Contéstame primero la segunda pregunta.

—Agua. Y no lo sé, diez minutos o así –mentí.

—¿Agua? ¿Eres un caballo? ¿Te crees que esto es el abrevadero del *Saloon*? ¿Es que no has visto a ningún camarero?

—¿No tenéis bebidas normales, sólo esa cosa azul?

—¡Bebidas normales! ¡Hija mía! –se rió sonoramente Rochant mientras me llevaba de la mano hasta el fondo de la galería, donde estaba el pequeño jardín–. Nosotros ahora sólo bebemos Ambrosía de Muscaria, encanto. Deberías probarlo. Sus borracheras son tremendamente *soft*.

Y Rochant se reía a carcajada limpia, abría la boca y echaba la cabeza para atrás, su pequeña y equilibrada cabeza con su equilibrado peinado de color negro, disimulando su incipiente calvicie. Siempre iba vestido de traje, a ser posible italiano, con mocasines italianos y la barba recién afeitada. Tenía cierto toque adolescente. Caminaba como los gordos patosos de las películas, casi sin doblar del todo las rodillas, y le daba un aspecto de lo más grotesco. Siempre, sin falta, llevaba un fular de algún tono chillón al cuello, y cuando se aburría, en los ratos muertos en los que hablaba otro que no fuera él, lo anudaba, jugueteaba entre sus dedos, o se lo ponía en la cabeza de turbante, o si el interlocutor era muy pesado, se lo ataba al cuello y le hacía ver que se estaba ahorcando de aburrimiento. Hoy su fular era de color rosa fucsia.

—¡¡Encanto, encanto!! –me decía llevándome a rastras– ¡Tengo que presentarte a cientos de personas! ¡Cielo santo! ¡Cuánto tengo que hacer! Lo sé, mi amor, teníamos que haber puesto tu música, eres el mejor músico de esta sala... Pero tu música es tan poco fiestera...

—Porque yo hago jazz.

Rochant me miró y puso cara de hastío.

—Lo sé –me dijo.

Había un ciervo paseándose por el jardín. Le habían teñido el pelaje con manchas verdes y lilas, y el animal se paseaba por allí comiéndose los delicados arbustos como si aquello no fuera con él.

—¿Has traído a un ciervo? –le pregunté.

—¡Ah! ¿Verdad que es una monada? Creo que la cebra está escondida en algún rincón. Le hemos teñido las rayas blancas de color negro y ahora no podemos localizarla sin encender los focos. Es la obra personal de Silvie Macarena, que es estilista. ¿Sabes? Cada uno ha puesto un poco de su arte en esta agradable velada.

—Todos menos yo.

—Ya, corazón, pero tu música la entienden pocos.

Ni intención que tenía de escuchar mis piezas en altavoces gigantes mientras unos descerebrados estilistas de animales bebían Ambrosía de Muscaria y comían moscas fritas de aperitivo. Madre mía, me moría de hambre.

Había un grupito en un rincón y Rochant me llevó allí y se presentó dando un empujón a uno de ellos. Un tío enorme con el pelo plateado se giró de repente y pensé que nos iba a pegar, pero en realidad pegó un grito y abrazó a Rochant levantándolo dos palmos del suelo.

—¡Basta! ¡Basta! ¡August! – ¿August? ¿Nadie tendría un nombre normal en aquel sitio? – ¡Que me vas a romper viva!...

August dejó a Rochant en el suelo y Rochant se recompuso.

—Mira August, te presentó a Beatrice, Bee para los amigos.

—No es verdad, nadie me llama así –me quejé mientras me estrecha a la mano.

Rochant me miró con desaprobación.

—¿Pero qué vas a hacer sin un nombre artístico? No digas tonterías... August es el que ha fabricado esta música que estamos escuchando.

Era el de las gallinas. Parecía que había ido a una granja de pollos y había montado el sonido del gallinero en una base rítmica de reggae.

—Ah... –dije intentando ser amable. Pero August se envalentonó.

—Sí, esta pieza se llama *Sonoridad avícola 2*. Lo monté sobre una base de reggaetón.

—Vaya... –dije intentando ser amable–. Quién lo hubiera dicho... ¿Y te ganas la vida con esto?

—Pues sí, bastante bien. También hago trabajos de técnico de sonido en el cine.

Sonaba un poco más interesante.

—¿En qué tipo de películas? –me envalentoné.

—En películas porno.

Me quería ir de allí. Lo último que me apetecía era hablar con un músico experimental (si es que se le podía llamar eso) de su trabajo en la industria del porno. Un camarero azul que pasaba por allí y vio mi vaso de agua vacío se me acercó peligrosamente y me ofreció su bandeja azul bajo su ignorante sonrisa azul.

—No... gracias... –le dije, pero no se iba. Estaba allí parado, mirándome a los ojos, expectante –. En serio, no tomo de eso.

—Cariño –espetó Rochant– coge una copa o no se va a marchar.

No me quedó más remedio.

De alguna manera esperaba que la copa estallara al contacto de mis dedos, y así tener una excusa definitiva y sangrante para marcharme de allí. Pero no pasó. Cogí la copa y todos se quedaron más tranquilos. Y Rochant siguió hablando con el grupo del jardín.

Tenía la copa en la mano y pensé que, tal vez, si la conservaba allí todos pensarían que estaba bebiendo y me dejarían tranquila. Para mayor verosimilitud, iría tirando al suelo pequeños chorritos azules. Me lo acerqué a los labios. Olía a limpiacristales.

—Oh, oh… –me dijo Rochant– Bee, querida, te presento a Hubert el Conquistador.

Y Hubert el Conquistador, un tipo escuálido, bajito, narigudo, vestido con un esmoquin ajustado, con el pelo repeinado hacia atrás y sonrisa burlona, me saludó besándome la mano. Hubert el Conquistador tenía los ojos diminutos.

—Esta es Bee –le dijo Rochant ahogando una risita macabra. Ya habían hablado de mí.

—Encantado, querida, *cara mia*… –dijo Hubert. El tipo era de lo más obsceno–. Ha llegado a mis oídos que por tus venas corre la sangre italiana de Puccini y Verdi.

—Sí, sólo que yo toco jazz, no ópera.

—¿Qué instrumentos tocas?

—Algunos.

—Oh, vamos, Bee, pregúntale a Hubert por qué se hace llamar el Conquistador… –me insistió Rochant.

—Bueno… –dije–, ¿qué conquistas tú, Hubert el Conquistador?

—A preciosas deidades latinas como tú, querida…

Me empecé a morir del asco. No me soltaba la mano.

—No, ¡en serio! –se rió Rochant–. ¡Díselo! ¡Se lo diré yo! Hubert es un experto escultor desfigurativo.

—Sí –dijo Hubert emocionado–, yo no hago figuras, sino que las deshago. Mi arte está explícitamente relacionado con la esencia del vacío en el espacio. Me llamo el Conquistador porque mi objetivo es la lucha por la conquista de la inmaterialidad.

—Ah… ¿y qué material trabajas? –pregunté.

—Materia orgánica –se me pusieron los pelos de punta–, excrementos, carne cruda, esas cosas.

—Sí, ha traído una de sus obras esta noche –dijo Rochant emocionado.

—¿Cuál?

—Esa de allí –y se giraron a señalarme una piel de vaca enorme colgada del techo, sin curtir y aún sangrante. Se me cortó el alma en ese mismo instante.

—En realidad es una de mis obras más convencionales –siguió el Conquistador.

Me alejé de ellos y de la piel de vaca sangrante. Era tenebroso. Temblaba, tenía el estómago revuelto. No había nada cerca, y muy a mi pesar, le di un sorbo al limpiacristales. Estaba dulzón, pero aunque los cinco primeros segundos me asentó el estómago, enseguida empecé a notar un ligero gorgoteo allí dentro. Y las nauseas fueron inevitables.

La sala estaba llena de gente y no llegaba al lavabo del otro extremo y, en mi desesperación, vi una papelera junto a una pared, una de esas pequeñas y metálicas, y allí eché mis jugos gástricos. Me sentí mucho mejor después. Volví junto a Rochant.

—... borracheras tremendamente *soft*... ¡la madre que te parió, Rochant! –le dije.

—No te metas con mi madre, pequeña Bee, está perfectamente bien en Miami ahora mismo, disfrutando del solárium, me temo.

—No te entiendo.

—Ni falta que nos hace, amor.

Me cogió otra vez de la mano y me llevó a otro grupo, cerca de donde había vomitado. En realidad, me fijé, el grupo se acababa de apostar junto a la papelera y la miraban seriamente confundidos.

—¿Seguro que no es parte de la obra? –decía uno.

—No, seguro, aunque mis obras son orgánicas y participativas, pero es totalmente inesperado... –susurraba una mujer con el pelo rojo y anillos en los dedos.

—Oh... –dijo Rochant como si acabara de ver una libélula muerta–, ¿qué paso, Tití?

Y se apoyó en el hombro de la mujer del pelo rojo.

—No lo sabemos... Mira.

—Cielo santo... hay un vómito en tu obra... ¿seguro que no es parte de ella? –dijo Rochant.

—No que yo recuerde.

—Perdona –dije yo intentando parecer inocente–, ¿eso es tu obra?

Y el grupito entero se giró y me miró desconfiado.

—Tendréis que perdonarla –dijo Rochant de mí–, es nueva aquí. Es Bee.

—¡¡¿Eres Bee?!! –dijeron cambiando de expresión.

—A mi pesar –dije–, en realidad soy Beatrice Modigliani, y me gusta mi nombre normal.

—Pues vaya aburrimiento –dijo una chica que llevaba un peinado medieval.

—¡Pero no tienes nombre de artista! –dijo otra chica a su lado, incrédula.

—Por favor, Tití –dijo Rochant–, explícame tu obra. Es la primera vez que la veo en persona.

—Bueno, ya sabes. Me gusta la crítica social, me apasiona el canto desesperado contra la tendencia al nihilismo moderno, y sabes que mis últimos trabajos han intentado exorcizar los demonios de ese nihilismo a través de mi propio nihilismo patológico... En fin. Pensé en quejarme de la cosificación de la realidad subyacente al capitalismo agresivo y produje esta pequeña obra, una aparente papelera.

—¿No es una papelera? –dijo Rochant.

—*Es* una papelera –dijo Tití–. Mis obras no son estáticas, son movimientos continuados en el tiempo que comienzan su paroxismo fuera de los límites reales de mi autoría. En esta obra, una de las más personales, sin duda –algunos presentes asintieron–, me volqué en reflejar la aparente vacuidad del espacio circundante a los objetos de baja calidad material, y cómo sus presencias enturbian nuestra conciencia colectiva. Entonces fui a un bazar chino y compré la papelera más barata que tuvieran.

—¿Quieres decir que fuiste a un bazar chino y compraste la papelera más barata y la has expuesto aquí? –pregunté.

—No, la obra artística no es el objeto, sino mi acción, una acción desenvolvente de sentido empírico.

—Pero es la papelera, tal cual –insistí.

—Pero bueno… –se quejó Rochant de mí–, ¿es que no ves la genialidad de su acto?

Me sacó de allí antes de que los demás pidieran mi linchamiento público. Me llevó a un rincón y me dijo en un susurro:

—Tienes que ser más abierta, un poco más sofisticada, encanto, estás tan terriblemente negativa esta noche que... ¡Uf! ¡Uf! –sacudió sus manos en el aire en contra de mí– me pones los pelos de punta…

En realidad me molestaban mis diez años de conservatorio. Me molestaba la papelera del bazar chino poniéndose a mi altura. El líquido azul me había dejado trastornada, y no me sentía culpable por haber vomitado allí. Ahora, tal vez, Hubert el Conquistador se planteara transformar mi vómito en una escultura de las suyas, y me sentiría responsable y feliz de haber juntado a dos genios en la misma obra.

—Me quiero ir de aquí –le dije a Rochant.

—No sin ver a Eleodore. No puedes.

—¿No ves que aquí no encajo?

—Pero eso es sólo culpa tuya.

Podría marcharme de allí en un descuido, pero no podría dejar de sentirme culpable. Aún así me moría de hambre. Me moría de hambre por un buen trozo de pollo asado. Un buen trozo de pollo asado con patatas asadas, o una buena ensalada de lechuga, tomate, cebolla y atún. ¿Me matarían aquellos artistas hipertérricos si lo confesara?

En la hora restante que quedaba hasta la performance de Eleodore, que no se había dejado ver ni un pelo aún, Rochant me paseó por el resto de la sala haciéndome pasar por Bee, una estupenda saxofonista, y al rato dejé de resistirme porque al menos, así, sin llamarme Bee y sin ser saxofonista más que en la intimidad (yo era pianista), aquellos merluzos enlatados, egocéntricos, megalómanos, necios, insulsos y vacíos no me encontrarían jamás. Lo cual, al cabo de un rato, me pareció un tremendo alivio. Cuantos más conocía, más me empezaba a plantear el hecho feliz de que cayera una bomba atómica allí mismo en ese instante, y el mundo, por fin así, perdería a su madrastra malvada. Había hecho un plan. Cuando terminara aquel suplicio, que aún no sería muy tarde, pasaría por el bar de tapas que hay junto a mi casa y le pediría que me preparara una ensalada de la casa para llevar. «No preguntes por qué voy vestida de fiesta y te pido una ensalada», le diría al camarero, «tú tan sólo obedece».

Conocí a un pintor «imperionista« que únicamente pintaba una y otra vez el mismo retrato de Napoleón.

—Mi arte –dijo–, consiste en la repetición. Mientras que el resto de pintores se vuelven locos con el leitmotiv de la innovación y el desarrollo, mi arte único en el mundo se basa en la repetición, exacta y milimétrica hasta la extenuación, de la misma obra una y otra vez.

Conocí a una mujer que solamente escribía poemas en las puertas de los lavabos públicos porque decía que ese era su único medio verídico de expresión, que todo lo interesante que había dicho alguna vez en la vida, lo había dicho sentada en un wáter. Me dijo Rochant que en un recital de poesía de Johannesburgo obligó a los organizadores a subirle un retrete portátil al escenario. No valían uno fingido. Ella actuaba de verdad.

Conocí a Silvie Macarena, que era la mujer del peinado medieval que se me enfadó cuando lo de la papelera. Y apareció la cebra. Llevaba un buen rato en el baño comiéndose el papel higiénico.

La música de gallinas pasó a ser música de morsas, y después, a una grabación sobre una base rítmica de gemidos orgásmicos. A nuestro amigo el músico le salió su vena artística.

Y entonces apareció Eleodore. Aún quedaba un rato para su actuación. No, perdón, para su *performance*. Pero dijo que ya estaba listo. Era un hombre cincuentón, con el pelo blanco, bien vestido, con boina. La gente se apartaba y aplaudía a su paso. Fumaba en uno de esos palos largos que solamente utilizan los poetas franceses o lo gais en las películas, aunque todo el mundo sabía que él no era francés ni era gay. En uno de sus montajes, que llamó *Visión cáustica del tiempo irredento*, puso una cama encima del escenario y la obra consistía en hacer el amor allí, en directo, durante dos horas, con las mujeres del público que quisieran subir, y entre «acto« y «acto« recitaba estrofas del *Macbeth* de Shakespeare. Creía que no podía ser cierto la primera vez que Rochant me lo contó, la primera vez de todas ellas, de las ocho o nueve que me lo había contado excitado y feliz. Pero me enseñó la reseña del periódico y me lo tuve que creer.

Igual, momento de confesiones, aunque Rochant intentaba por todos los medios exagerar sus amaneramientos, sus giros, sus gestos, sus gritítos, aunque le daba palmaditas en el culo a sus amigos varones y en público despreciaba a las mujeres, porque según él, tampoco estaba de moda en los gais ser ya amigo de las mujeres, yo había tenido noticia de unas cuantas veces que se escapaba a los bares de carretera, a los prostíbulos, a hurtadillas. Yo sabía muchas cosas que no debía saber, y cuyo conocimiento no me daba una visión más amplia del mundo, sino una mucho más oscura y siniestra de sus trasfondos macabros.

Y me quería marchar de allí, pero una vez llegado Eleodore era bastante imposible, y menos aún cuando él se acercó hasta Rochant y hasta mí. Abrió los brazos, lanzó una admiración y abrazó con cariño de padre y palmaditas en la espalda a Rochant.

—Grandioso, grandiosísimo –decía Eleodore.

—No, tú –decía Rochant.

—Oh, vamos... qué fiesta, qué obras... Bravo, bravo... –decía Eleodore, y aplaudía con las puntas de sus dedos. Y todos nos miraban.

—Te presento a Bee, Eleodore –dijo Rochant señalándome. Yo di un paso al frente y le ofrecí mi mano. Pero el hombre tiró de mí y me dio un abrazo, y no podía sentirme más incómoda aún con aquel tipo que olía a incienso y aftershave. La gente de alrededor aplaudía feliz.

Bueno, había conocido a Eleodore, no era para tanto. En seguida dos o tres personas se juntaron allí y empezaron a hablar con él. Empezaron a preguntarle como colegiales en celo sobre cosas que debían ser artísticas, aunque nunca había escuchado hablar de ellas.

—¿Qué piensas del eterno lazo incorruptible emocional de los dos hermanos siameses de la obra de Mucghet? –le dijo uno.

—Creo que es mucho más sostenido puesto que uno de ellos es mudo.

—Sí... –dijo aquel–, yo también lo creo.

—¿Y de la simbiosis cósmico–estética de la panoplia musical de Chau?

—¿Chao, Manu Chao? –pregunté yo, por decir algo, sabiendo que cualquier cosa que dijera iba a ser una burrada.

—No, se refiere a Chau Sing–Meo, el equilibrista cojo de Shanghái –me explicó Rochant en voz baja sin perder un segundo el hilo de la conversación.

—Oh, sí, eso es... terrible, terrible... –dijo Eleodore frunciendo el ceño.

—Terrible, terrible... –repitieron los demás en corro.

Y se hizo la hora.

Y Eleodore se despidió con un suave gesto y se metió tras una puerta. Su espectáculo iba a dar comienzo. Perdón, su *performance*.

Las luces se apagaron, y unas tenues lámparas de gas se encendieron en los cuatro extremos de uno de los rincones de la sala. Todos acudieron allí de sopetón y Rochant me empujó para estar en primera fila.

—No te lo puedes perder –me dijo.

—¿Tú lo has visto ya? –susurré.

—No, no lo ha visto nadie, y asegura que no lo volverá a repetir jamás.

En aquel rincón había una especie de altar. Una mesa negra, con una caja dorada y algo encima tapado con un trapo negro, trozos de algodón y de trigo seco alrededor, y tres velas blancas encendidas delante. En la pared, sobre el altar, un espejo viejo inclinado que nos devolvía el reflejo de todos los que estábamos allí. Eleodore apareció, y algunos empezaron a grabar con sus cámaras. Se había quitado su ropa y llevaba un mallot negro que le tapaba brazos y piernas, hasta el cuello.

Empezó a dar vueltas sobre sí mismo, y hacía ruidos con la boca:

—Pammmm.... brbrbrbr... mmmm... ppaaaammmm....

Intentaba imitar, deduje, el sonido de los timbales africanos. Empezó a moverse como un pavo real, como si sus manos fueran alas, en círculos pequeños. Daba vueltas y vueltas y vueltas. De repente se paró delante del altar, y quitó el trapo negro. Debajo había una cebolla.

—La cebolla mmmmmísssssssticaaaaaaa.... –decía con la voz fingida. Y seguía bailando aquella extraña danza.

Cayó de rodillas delante del altar, puso su frente en el suelo y empezó a lanzar gemidos de animal muerto mientras se sacudía. Un caballo. Un elefante. Una gallina. A lo mejor no estaban muertos, si se escuchaba bien.

—La mística de la cebolla –decía con la voz muy grave, levantándose del suelo–, la existencia terrenaaaaaaallllllll…

Y se levantaba, daba vueltas, daba gritos, y se volvía a tirar al suelo, delante del altar. Levantaba sus manos al altar de la cebolla.

—Lo sublime y lo minúsculo en la boca de los cieeeeelossssss….

Se levantó y con un movimiento de manos hizo aparecer un petardo y una pequeña caja de cerillas.

—Todo lo visible y lo invisible bajo la pervivencia de la poooolllvoraaaaaaa…

Entonces pinchó el petardo en la cebolla, encendió una cerilla, encendió la mecha. Y la cebolla explotó con un ruido ensordecedor.

Mudos del asombro, todos los asistentes irrumpieron en aplausos. Pero Eleodore se quedó allí parado esperando algo más.

—La mística de la cebolla… ¡yo soy el gran Eleodore! –aplaudieron algunos–… La mística de Eleodore… ¡El Eleodore místico!...

Sacó otro petardo de la nada, mucho más grande.

Se metió el petardo en la boca y dejó la mecha fuera.

Encendió una cerilla y prendió fuego al petardo.

Hizo una reverencia y saludó a la concurrencia, muda del asombro.

Cuando se acabó la mecha, unos segundos eternos, una gran explosión, y le reventó la cabeza.

Sus sesos y su sangre me salpicaron la cara y los labios, a mí que estaba en primera fila. Me quedé de piedra, sin poder respirar de la impresión, intentando llevarme las manos a la cara, sin atreverme, y todo se quedó en silencio.

Entonces, mientras yo pensaba echarme a llorar, alguien detrás de mí dio una palmada, y después otra. Vi a Rochant, con los ojos como platos, con su cara también impregnada de sesos, juntar sus manos extasiado. Estaba aplaudiendo, allí, frente al cadáver incomprensiblemente desmembrado del artista muerto.

Y después de él, mientras a mí se me resbalaba por la frente una gota de sangre caliente de Eleodore, el resto de la sala comenzó a aplaudir con furia.

Las hormigas

«Darkness there and nothing more».
El cuervo, Edgar Allan Poe

I

Aquí abajo,
de tan abajo,
no se ve el sol cuando luce.
No hay colores,
el cielo es negro y acolchado.
Los días son eternos e inmutables: un solo día,
en realidad,
una sola noche inacabable.

Las mañanas traen desechos de congoja,
la opresión, mayor de todas, de estar vivo.
Las horas pasan como pesan las losas en mis hombros;
el aire quema de tan frío e indeciso.

Mi cuerpo se ha escondido de mí.
Mi rostro, acomplejado, me ha huido,
y en los espejos,
de lejos,
no veo sino retazos.

Destrozado, y en pedazos,
arrastrando los segundos inconclusos como una broma cósmica,
satírico, histriónico, enmarcado,
soberano, sublime, hundido, aquí abajo,
de tan abajo,

no se ve el sol
cuando luce.

Y en este silencio tardío,
en la muerte más muerte de todas
(la de estar todavía entre los vivos)
entre cocacolas y tirabuzones,
no me encuentro a solas ni un segundo:
unos bichos me hacen compañía.

No sé por qué dejé que se quedaran.
Un día y otro día de tristezas viejas
e hicieron fuerte en los rincones.
Tal vez llevaran siglos esperándome.
Tal vez su invasión fuera prehistórica.
Esta tristeza es infinita,
como inaudita
su presencia.
Por no saber no sé su nombre.
«¿Quiénes sois?» pregunté una noche
y el silencio me dieron por respuesta.

Me acerqué a los escondrijos,
a las esquinas, las esquirlas, las rendijas de mi casa.
Busqué sus huellas diminutas en el pan de molde,
entre la tierra, las hojas muertas,
los periódicos,
los techos y los helechos,
en los resquicios del silencio acusador:
Darkness there and nothing more.

Pero sé que a solas me acompañan
millones de años que fraguaron su amenaza.
Yo ya no soy más yo,
sino las hormigas de mi casa.

II

Cuchichean con sus voces inaudibles detrás del rodapié del baño.
Más que escucharlas las intuyo:
sus susurros me taladran,
me matan el ánimo.
Ellas también adoran el silencio de mi ausencia,
aunque últimamente me prodigo apenas:
presente de cuerpo, ausente de ganas.
Eso a ellas les importa poco.
Vagando en casa con mis pies desnudos
no me soportan: les importuno.

Y en las noches que lucho por mi alma y el sentido de mi vida
delante de la tele,
una de ellas aparece en la pantalla
iluminada
por la luz fosforescente
de los anuncios de detergente.
La recorre, de una esquina a otra,
Se para para observarme,
desaparece.
Me deja con la duda eterna
de no saber si aún me observa
con sus ojos himenópteros, diminutos,

si intuirá mis feromonas
si captará mi ánimo muerto,
pesimista y anodino
de los días tristes.
Les debe molestar,
de alguna manera,
que su autoridad territorial sea tan vaga
como para no moverse del sofá siquiera.

Por eso hemos hecho un trato.
Les regalo los rincones:
los agujeros del suelo, los bordes de las paredes,
las entradas de la casa.
Ellas no invadirán mis zonas mullidas,
ni se parearán por la despensa.
Nada de reproducirse al por mayor.
Yo las mantendré ocupadas con las miguitas del pan de la cena,
mantendré mis pies en guardia a su comitiva.
Prometo no usar armas de destrucción masiva.

Y aquí sobrevivimos,
en esta tregua fría,
sin saber si convivimos, en realidad,
o nos sometimos a ocupar
el mismo espacio vital.
No sé yo de estos bichos diminutos,
estos terribles napoleones,
dispuestos a invadir el mundo,
cómo estarán de dispuestos a ceder a mis presiones.

III

La vida se enfría, y se enfría,
y el invierno cae sobre mi tejado a copos
de silencio y mansedumbre.
Aún es verano.
Aún acampa a sus anchas por mis esquinas
este ejército antediluviano.

Las sospechas de la muerte me sobrevienen a menudo.
Aparecen y desaparecen,
se esconden en la madrugada.
Me despierto porque siento que tiembla mi almohada.

Estos últimos días no se callan,
ni un instante.
Las pillé conspirando en el jardín de delante,
reunidas en un corro
y despistadas,
huyeron al verme.
«Somos bichos diminutos»,
«no tenemos conciencia»,
me dicen,
y en silencio me contradicen.

En secreto sé,
porque las he escuchado,
que planean ocupar mi casa,
y no importa el espacio que ocupo:
detrás de mí conquistarán el mundo.

Millones y fuertes,
invencibles,
sobrevivieron a la caída de los Dioses Dinosaurios.

Un nuevo Sol–Hormiga se alzará sobre el horizonte.
«Pequeños napoleones bastardos», les advierto,
«si he de pelar contra vosotras
no me valen las medias batallas.
Si he de mataros, moriréis», les dije,
«y correréis mi misma suerte».

No dicen nada más,
y pasan días.
Pasan semanas de silencios obtusos.
No me engañan, las presiento,
son disimuladas, pero no invisibles.
Terribles cerebros crueles y sanguinarios
en conciencias incorruptibles.

IV

Una noche más de insomnio.
Una noche más de invierno.
Una mañana más oscura que el fondo de un pozo.
Me levanto, voy al baño, me rehúye el espejo y decido
volver a la nada.
Pero no puedo acostarme.
En mi almohada descansan tres cadáveres.
Una mosca sin alas.
Una mosca sin cabeza.
Una mosca sin patas.

El sindicato del crimen insecto lanza su amenaza.
En respuesta,
aquella tarde,
esparzo matarratas.

No se hacen esperar:
mi basura aparece descuartizada y moribunda
por la cocina y la sala.
«Si queréis guerra, tendréis guerra», amenazo.
Más matarratas.

Al tercer día
han roído las cuatro patas de mi cama
mientras dormía.
Más matarratas.

Y aquella tarde ya gritan,
ya no cuchichean, ni disimulan.
«La conquista es inevitable», me dicen, «no te resistas».
Y yo les contesto que ningún valiente murió
rindiéndose.
Y en cualquier caso,
de tanta oscuridad como me inunda,
ya me considero muerta:
su amenaza me la refanfinfla.

Tumbada a la luz de la tarde en mi cama despatarrada,
tres de ellas suben corriendo desde el suelo, por la pared,
a mi vista.
Y tras de ellas otras tres.
Y tras de ellas la manada.

Inundan la estancia,
inundan el techo.
Oigo sus pasos sobre mi cabeza.
«Ni se os ocurra», les digo.
«Ya se nos ocurrió», me dicen.
Y en bandadas se lanzan a los arrecifes,
suicidas, salvajes, inmorales.
Otro flanco ataca desde el suelo.
Trepan por mis pantorrillas,
me muerden el pelo,
las sacudo a manotazos,
y las muy idiotas
insisten, me pegan y me azotan.

Me levanto y me inundo en la bañera:
cientos de ellas yacen muertas en el desagüe.
Cientos de ellas huyen a las microscópicas
entradas de su chozas.
Cuando vuelvo a mi cama
ni una sola hormiga,
ni una sola retaguardia.

«Os habéis pasado», les digo.
Da igual, ya no me escuchan.
Andan escondidas planeando el siguiente ataque.
A mí me tiembla mi triste espíritu
de miedo y de
cólera.

Restriego entre mis yemas
las tibias páginas

de las Páginas Amarillas.
Descuelgo el auricular y todo es silencio.
Me quedé sorda,
sobrevino la muerte…
No.
Las muy traidoras mordieron los cables del teléfono.

Igual salgo a la calle,
por primera vez en meses,
cabreada por haber sido obligada a torcer mi deseo
de hacer de mi casa mi tumba,
por quienes han hecho de mi casa una tumba
ajena.

A este lado de la vida
el sol ya no es oscuro: brilla.
Brilla cruel e intransferible,
desértico, opaco y traslúcido,
aún muerto, me parece.
Me refugio en la cabina.

De un trozo de papel rasgado uno tras uno
marco los números de un número ajeno.
Me contesta una voz desganada de ultratumba.
Le cuento el dolor que acompaña mis quejas.
Me dice que le espere al día siguiente.

Aún no lo sabéis viejas bastardas,
morirán mis plantas con vosotras.
Gané yo. Os jorobáis.
Tendréis que dejar la invasión para otro día.

Fumigarán el suelo, las paredes,
los rincones, las esquirlas, las esquinas.
Destriparán vuestro reino
y os arrojarán a un abismo
más oscuro aún que la muerte
reservada a los locos y a los
valientes.
Aún yo también moriré un poco,
y no os echaré de menos:
Yo tres días fuera de mi nicho,
vosotras la noche eterna en las cloacas.

Las fresas

Había apretado demasiado y lo supo excesivamente tarde, justo cuando escuchó el clac del cuello y ella se deslizó entre sus brazos sin vida. La giró. Sus ojos castaños dejaron de reflejar el mundo y la expresión se le quedó seca e inerte. Aún parecía que sonreía aunque sabía que no podía ser verdad.

Laura ya no estaba. No pasaba nada. Era extraño; no era la primera vez que ocurría, ya lo había hecho antes, en la guerra. Pero sí era la primera vez que mataba sin intención, por puro accidente. Aquello iba a ser complicado.

La dejó donde estaba, en su dormitorio, con los pechos descubiertos y la bata de seda encima. No le pareció una postura muy digna, con las piernas debajo del cuerpo y echada bocarriba a los pies de la cama, pero era mejor no tocar nada. Aún tenía un poco de color rojo en los labios y parecía una puta francesa.

Al menos el incidente no había dejado sangre. Miró su reloj: le quedaba un poco de tiempo, esperaba que suficiente. Intentó conservar la calma para poder terminar aquella tarea con precisión. Revisó las uñas de la mujer, pero ella no le había arañado, el juego no había ido por esos caminos. Desechó desde el primer segundo llamar a la policía, demasiadas explicaciones, y no le quedaba tiempo. Acomodó las sábanas para borrar las huellas de donde él había estado de rodillas. Seguramente habría pelos suyos por allí, pero no podía buscarlos uno a uno e intentó buscar una solución. Abrió el armario y había un pequeño costurero con uno de esos rollos adhesivos para limpiar los abrigos. Lo pasó por encima de las sábanas y por encima de Laura. La movió un poco para repasar también la parte de la colcha sobre la que ella descansaba. Después fue al salón a buscar su chaqueta y su corbata. Guardaba un pañuelo de algodón en uno de los bolsillos y con él quitó las huellas del mango del cepillo y quitó el adhesivo sucio que había utilizado y se lo guardó para tirarlo más adelante en la calle. Limpió también las huellas del cabecero de la cama y de los muebles del dormitorio, pero no se preocupó en limpiar las del resto de la casa: esas podría justificarlas. Fue al baño, se limpió los restos de color rojo fresa de la cara y el cuello, se peinó con la mano, se acomodó la camisa, se puso la corbata y la chaqueta, se guardó el pañuelo otra vez en el bolsillo. Recogió su vaso de whisky y lo lavó con jabón en el fregadero de la cocina, y lo puso a secar con los demás. Repasó mentalmente todo lo que había hecho desde que entró en la casa hasta aquel momento. Las fresas. Fue al salón y recogió el paquete que había traído. En ese momento el teléfono empezó a dar timbrazos. Sonó unas doce veces, y después se paró. El corazón de Locke volvió a funcionar, y pudo oír sus latidos en medio de aquel silencio de media tarde. Un minuto después su móvil empezó a sonarle en el bolsillo. Llamaba Andrés.

—Sí –contestó Locke.

—Hola, tío, ¿dónde andas?

«En tu casa», pensó Locke.

—Estoy de camino –dijo.

—¿Podrías hacerme un favor? Estoy llamando a mi mujer pero no debe estar en casa.

«Sí que está; o estaba, al menos», pensó Locke.

—Dime –dijo.

—¿Pasarías por una farmacia de camino y me comprarías un poco de sal de frutas? Se me ha olvidado y la cena de esta noche me va a dejar muerto por la maldita acidez.

—Vale, no hay problema.

—Gracias Locke, me has salvado la vida. Te lo pago en cuanto te vea.

—De nada, hombre, de nada –Locke se permitió sonreír, y respiró hondo.

Salió de la casa y cerró la puerta despacio y con naturalidad. Lo que ocurriera allí dentro la próxima vez que alguien abriera aquella puerta ya no iba a ser asunto suyo.

Allí acababan diez meses de encuentros furtivos. Era una pena que terminara así, pero había sido inevitable. En cierto modo le resultaba penoso, sin llegar al arrepentimiento. Fue Laura la que quiso torcer su voluntad y llevarle a la cama, Locke solamente había acudido a su llamada como un buen amigo. Lo de las fresas había sido una mala idea y ella lo había malinterpretado. Aún no estaba desnuda cuando le abrió la puerta. Él pensaba que las cosas habían quedado suficientemente claras la última vez. Laura le ofreció algo para beber, Locke pidió whisky. Aún recordaba su voz:

—No deberías empezar a beber ahora o llegarás borracho a la cena de antiguos alumnos. Lo divertido es que os emborrachéis *después* –se encendió un cigarrillo– Andrés está como loco por esa cena, lleva toda la semana hablándome de ella y de su antigua novia.

—Sí, me acuerdo, Sofía. Decían que se iban a casar.

—Sí, esa –dijo ella soltando el humo sobre el sofá–. Más le vale andarse con ojo.

—Estás celosa... –dijo Locke irónicamente. Y a Laura le molestó y le amenazó con el dedo índice de su mano derecha.

—No te rías de mí. No puedes hacerlo, ¿está claro?

—Sí, de acuerdo –asintió él con toda su serenidad. Era complicado inmutar a Locke, verle nervioso, emocionado, triste, alegre. A veces lanzaba una sonrisa fría y desalmada. A veces sus apretones de manos eran sinceros. Por eso a Laura (como a todas las demás) le gustaba tanto hacer el amor con él, porque le encantaba verle perder los papeles, emocionarse, apasionarse, gimotear esos pocos minutos, densos y extensos de descompostura.

Y Laura se excitaba cuando Locke se ponía serio. Y eso no era apropiado para acabar con una relación.

Laura abrió el paquete de fresas y mordió una. Se manchó los labios de jugo de fresa.

—No sé a dónde nos va a llevar esto –le contestó él cuando ella se acercó al sillón y le besó el cuello con sus labios rojos.

Laura se fue al dormitorio, se desnudó y se puso la bata de seda que él le había regalado unos meses atrás. Locke se quitó la chaqueta y la corbata. El resto de la historia no tenía que haber terminado así.

Tiró el trozo de adhesivo en un contenedor perdido. Compró la sal de frutas en la farmacia junto a su casa, hasta donde se había desviado caminando, por si acaso. Llegaba un poco tarde, así que cogió un taxi. Al subir vio que aún apretaba el paquete de fresas en la mano. Aquello de las fresas iba a ser un problema, porque Laura aún tenía los labios manchados y no había fresas en la casa.

Y cuando se bajó del taxi, diez segundos después de verle marchar por la avenida, se dio cuenta de que había dejado las fresas en el asiento de atrás cuando se guardó la sal de frutas en el bolsillo. No importaba, se dijo. Seguro que no pasa nada. Pero iba a ser un problema.

Su antiguo instituto estaba en ruinas, con la planta baja inundada y grietas en la estructura. Llevaba así dos años y era imposible entrar sin cascos y trajes de neopreno. No podían derruirlo, decían, porque los daños eran tan graves que afectaría a los edificios colindantes, así que se reunirían y cenarían en un lujoso hotel del centro, al que Locke se presentó cuarenta minutos tarde y en cuya entrada apareció con todo su esplendor, todo lo alto, elegante y atractivo que podía ser, levantando una ola de aprobación, susurros y comentarios en voz baja.

—Llegó Hamlet, rey de Dinamarca –dijo Andrés al verle–. ¿Por qué has tardado tanto?

—Porque me he entretenido en una farmacia.

—Ah… bonita broma, ya veo. ¿Me has traído eso? –Locke le dio el paquete–. ¿Cuánto te debo?

—Nada, no te preocupes…

Era lo menos que podía hacer por él, ahora y en las próximas semanas, que serían terribles, sin duda. Que disfrutara de su última noche de paz. Que se hinchara de langostinos. Que bebiera en exceso. Ya nada importaba demasiado para él, y mejor que aún no lo supiera.

La sala estaba llena de gente con copas en una mano y canapés en la otra, honrosamente bebidos y felices. Hombres y mujeres cuyas caras le resultaban familiares. Saludó a varios de ellos camino de la barra.

—¿Qué va a ser? –dijo el camarero.

—Un whisky, por favor; bourbon, a ser posible.

Sin hielo, sin rebajar. Estaba un poco nervioso, y la maravillosa Sofía, la eterna Sofía, se le acercó.

—Vaya... veo que Baldur, dios de la belleza, se ha reencarnado por fin en esta fiesta. Qué guapo estás –le dijo, le dio dos besos, y él se dejó.

—Gracias, eso intento. Si no, perdería mi sabor nórdico y me volvería tan vulgar como los demás.

—Tú nunca podrás ser vulgar, encanto.

—Gracias de nuevo. Tú también estás preciosa. Muy, muy cambiada. Y a mejor. ¿Qué bebes?

—Gracias, hombre educado. Sangría de cava. No lo había probado nunca, es cava con zumo de fresas, o algo así. ¿A qué te dedicas ahora? ¿A piropear chicas guapas en las barras de los bares?

—Inversiones bursátiles.

—Vaya… todo un ejecutivo…

—Algo así. Utilizan mi cara bonita para conseguir clientes.

—Es que tu sonrisa es infalible.

—¿Estás intentando ligar conmigo?

—No lo sé. Tal vez. ¿Hay alguna señora de Locke esperándote en casa?

—No lo sé. ¿Hay algún señor de Sofía esperándote a ti?

—No. Ninguno. Ni uno solo.

—Entonces... –Locke se acercó a ella y sonrió. De cerca tenía la piel preciosa y blanquísima, salpicada de pecas, y el pelo rubio y largo. Llevaba un vestido rojo escotado y zapatos de aguja. Algo clásico y efectivo. No se parecía en nada a la Sofía punk con el pelo teñido de rosa que había salido con su amigo en el instituto– ¿A qué te dedicas tú?

—Tengo un negocio. Asesoría jurídica. Estoy viviendo fuera.

—¿Estudiaste derecho?

—Sí. No me va mal. Casi tan bien como a ti, por lo visto, que he escuchado que te van a declarar «el hombre más exitoso de su promoción».

—No creo que sea para tanto... ¿Has visto a Andrés ya?

—Le saludé antes. Pero hoy me interesas más tú, la verdad.

—¿Y esa determinación?

—Bueno, hace quince años nadie que no fuera una supermodelo brasileña tenía alguna oportunidad contigo, y, sinceramente, llevo bastante tiempo preparándome para este encuentro.

—Pues eso suena muy bien.

—Mira, te voy a enseñar una cosa –Sofía le pasó la mano por encima del hombro y le giró hacia la sala.

—En aquel rincón está Marieta y su grupito de amigas. Siguen igual que entonces, te miran desde un rincón y cuchichean. Ella trabaja en una tienda de ropa, es encargada o algo así, y ha engordado casi veinte quilos. Parece un cruasán relleno, y se ha puesto un vestido que no le favorece nada, sinceramente.

—¿Estás un poco borracha o eres así de víbora?

—¿Es que no me conoces? –se rió– Siempre he sido así.

—Te recordaba un poco más suave.

—Es que contigo siempre era amable porque quería llevarte a la cama, pero para cuando comprendí que eso no funcionaría nos graduamos y tú te marchaste a Dinamarca de vacaciones.

—Pero tú salías con Andrés. Él iba diciendo por ahí que os ibais a casar.

—Sí, y también iba diciendo que era una máquina del sexo, y yo dudo de ambas cosas. Pobre de su mujer. ¿Porque se casó, verdad?

—Sí.

—No sé cómo lo llevarán...

—Prefiero no hablar de eso hoy.

—Oh... bueno, como quieras. Pues Marieta lleva hablando de ti desde que llegamos, preguntando dónde estás, que por qué no habías llegado aún, y lo buenos amigos que erais, y las ganas que tenía de verte... Qué pesadez. Y ni te ha saludado, ¿no?

—La verdad es que no.

—Pues eso. Allí está Lucrecia, la del vestido morado.

—¿Está embarazada o me lo parece?

—De su cuarto hijo. El de al lado, el gordito un poco calvo, es su marido. ¿Es cierto que te acostaste con ella el último cuatrimestre?

—No que yo recuerde.

—Pues ella dice que sí y se cree la reina del momento y se ha pasado toda la tarde hablando de eso. Y delante de su marido. Vaya pieza.

—Vaya mentirosa.

—Y la que está a su lado es María Gonzaga. Ahora es lesbiana.

—¿En serio?

—Te veo sorprendido... –Sofía le miró con ojillos curiosos.

—Se coló en mi habitación en el viaje de fin de curso, pero acabó por error desnuda en la cama de Andrés.

—Por lo visto una compañera de su facultad le hizo cambiar de opinión. Estudió Nutrición o Dietética o alguna mandanga de esas, una loca del *feng shui*. Y la otra de su derecha es Marta Pérez.

—Me cuesta un poco, pero me suena su cara.

—Te pidió salir, tú la rechazaste con toda tu cortesía y elegancia nórdicas y ella intentó suicidarse. No sé qué hace aquí, porque repitió curso y se graduó al año siguiente. Supongo que habrá venido a verte. Está demacrada y escuálida... No me había fijado. Lleva todo este rato siguiéndote con la mirada. ¿Entiendes lo que te quiero decir?

—No del todo.

—Que todas las que te conocemos y que hoy estamos aquí daríamos nuestras córneas por estar en tu cama esta noche, pero yo soy la única que está a la altura de poder hacerlo.

Locke deslizó una mano furtiva hasta la cadera de Sofía y siguió sonriendo a la sala.

—Sí, creo que tienes razón –le dijo muy serio, como si acabara de cerrar una transacción económica, y bebió un trago largo de bourbon mirándola a los ojos, o mejor dicho, traspasándola con ellos.

—Deja de hacer eso, por favor –dijo Sofía–, que me pones la piel de gallina.

—Eso es lo que pretendo.

—Pero no aquí, lleno de hienas en celo... Mi habitación está arriba... Si quieres... pásate luego y te invito a la última copa.

—Creo que luego estaré demasiado borracho como para que sea interesante.

—¿Y qué propones?

—Aún tardarán un rato en servir la cena, ¿no?

Sofía se acercó aún más a él.

—¡¿Ahora?! –dijo conmocionada.

—Si no quieres…

—Habitación 615, dame cinco minutos y sube.

—De acuerdo –le susurró Locke.

Andrés intentó preguntarle dónde iba camino del ascensor. Locke le dijo que buscaba los baños y se deshizo de él. El pasillo estaba en silencio y casi a oscuras. Llamó a la 615 con los nudillos y Sofía le abrió la puerta en ropa interior, con una bata de seda negra.

—Espero que no te importe, me he puesto cómoda.

—Quítatela –dijo Locke nervioso.

—¿El qué?

—La bata.

—De acuerdo…

Ella se la quitó y la lanzó a un rincón. Se reía. Locke le besó los labios intentando deshacerse de la imagen. Laura y ella se parecían bastante, sólo que Laura tenía el pelo más oscuro y más corto; las dos eran menudas y tenían la piel tan clara que casi era transparente, y los ojos grandes y redondos. Sofía se quitó el resto de la ropa y se sentó en el borde de la cama.

—Ahora desnúdate tú –le dijo a Locke–. Quiero verte bien.

—¿Quieres que apague la luz? –preguntó Locke cuando se echó a su lado y empezaba a besarle los hombros.

—Ni lo sueñes. Llevo desde los quince años soñando con tu cuerpo desnudo.

Un rato de silencio y suaves roces.

—¿Tienes un condón? –dijo Locke.

—Qué más da eso ahora…

—No quiero que pase nada desagradable…

—No me importaría nada que mis hijos compartieran tus genes perfectos…

Locke se separó de ella y se la quedó mirando unos segundos.

—Era broma –dijo Sofía–. Abre ese cajón de la mesilla.

Bajaron por separado cuando la cena empezaba. Antes de despedirse en el descansillo de la sexta planta Sofía le dijo:

—Ven después de la cena, cuando los demás se vayan. No me importa que estés borracho, en serio. No creo que tú quieras que salga nada sentimental de esto, yo tampoco. Si va a ser mi única ocasión contigo, déjame que la disfrute.

Locke asintió, tocando el ala de un sombrero imaginario sobre su cabeza y se montó en el ascensor. Sofía bajaría en el siguiente.

Se sentó al lado de Andrés cuando aún el barullo del comienzo no había terminado.

—No te voy a preguntar dónde has estado –le dijo.

—...Digamos que rememorando viejas amistades.

—Esto no es justo –se quejó Andrés–, los demás hemos engordado y algunos estamos empezando a perder pelo. Tú estás más atractivo que nunca, incluso más que hace quince años. Estás buenísimo, desgraciado...

—Deja de ligar conmigo, Andrés...

—No, Locke, no es ligoteo. Es rabia. ¿Con quién te has liado esta vez?

Locke se acercó a su oreja.

—No te lo voy a decir –susurró. Y sonrió discretamente.

Terminada la cena, primer plato cóctel de gambas con salsa de ciruelas, segundo plato lomo de cerdo con cebollas confitadas, postre de tartaleta de manzana y arándanos, los antiguos profesores subieron a un estrado improvisado, saludaron, se presentaron, hicieron un par de bromas desgraciadas y anunciaron que habían estado investigando y que darían un premio a los cinco mejores y más exitosos de su promoción. Fueron Carlos García, antiguo niño gafotas, ahora investigador botánico, becado por una prestigiosa institución francesa para la defensa de la flora mediterránea. Lorenzo

Aguas, analista de sistemas, hijo pequeño de Apple. Marina Suárez Fidel, escritora de culto para las apasionadas lectoras de novelas románticas. Manuel Eduardo Arévalo, mano derecha del Ministro de Exteriores. Y David Locke, adonis, excombatiente en Afganistán, chico rebelde del mundo mercantil. Era previsible, aunque injusto, porque Andrés trabajaba en la misma compañía que él, aunque igual le felicitó y le animó a subir al estrado. Su antigua profesora de Biología, la que le entregó el diploma, hizo algo inesperado: le miró a los ojos mientras la sala aplaudía. Le miró con tristeza. Y no le dijo nada. Le dejó el diploma en las manos y suspiró con pena.

La fiesta continuó en el bar, donde había empezado. Sofía no dejaba de mirarlo desde el otro extremo de la sala. Desde allí se podían oler sus feromonas. Locke se paseó, tomó unas cuantas copas de más, habló con los asistentes, escuchó halagos. Un buen rato después, Andrés, borracho como una cuba, se acercó a Locke.

—Que… si me acompañas a casa no estaría mal… no lograría acertar dónde tengo la cabeza ahora mismo.

Todo por evitar aquello.

—No puedo. Ya ves que nos han dado una condecoración, tengo que quedarme con esta gente, quieren hablar conmigo. Pide un taxi. Yo… te llamaré mañana.

—¿Seguro? ¿Qué te pasa?

—Nada, Andrés.

—A mí no me engañas, ¡estúpido! –le gritó.

—¿De qué hablas?

—¡Te has tirado a mi ex novia!, he visto cómo te miraba toda la noche desde la otra punta de la sala… Y a mí no me ha querido ni saludar. ¡Eso no se hace!

—¡Por Dios, Andrés, no grites! Compórtate un poco…

—¡No… eso no se hace… no te acuestas con las Sofías de nadie!

Locke agarró del brazo a su amigo y tiró de él hacia la calle. Andrés se resistía y lloriqueaba.

—Te voy a llevar al taxi. Mañana te arrepentirás de haber dicho esto –le amenazó Locke. Quería quitárselo de encima. La gente de la sala les miraba.

—¡Mañana te odiaré tanto como hoy, cretino danés! –respondió Andrés.

Y le lanzó un puñetazo, y el golpe se quedó en el aire, desviado, y Andrés se cayó al suelo de culo, en el frío suelo de aquella noche de otoño, y sin rastro de la furia, se echó a llorar.

—¿Sabes qué es lo peor? –dijo Andrés entre sollozos–, que creo que Laura me está engañando, tío...

Entonces Locke, nervioso y sin ganas de pelea, paró un taxi con un movimiento de la mano, tiró a Andrés dentro y le cerró la puerta en las narices.

—Mañana, cuando me recupere, te vas a cagar –le amenazó Andrés desde el otro lado del cristal.

—Mañana no sabrás qué ha pasado aquí –dijo Locke, y le dictó al taxista la dirección de Andrés mientras arrancaba.

En media hora todo saltaría por los aires. Le empezaron a sudar las manos pero no, no era arrepentimiento, era la conciencia adelantada de un hecho nefasto. No quería sonreír, ni fingir, ni arreglar nada. No quería volver allí dentro a hablar con nadie. Así que se echó a andar. El frío y la humedad se le colaban en los huesos, pero ya regresaría después y subiría a la habitación de Sofía. Ahora necesitaba calmarse los nervios o todo se le iba a ir de las manos.

Y a los pocos metros, escuchó unos pasos detrás de él. Se giró inconscientemente y vio a su antiguo profesor de Educación Física andar hacia él con las manos en los bolsillos y los hombros encogidos.

—Hombre, Locke –le dijo intentando aparentar algo casual, y se le notaba que disimulaba y que lo hacía muy mal–, ¿dando un paseo?

—¿Qué? –contestó extrañado– ¿Por qué?... No… solamente tenía ganas de airearme, hace calor allí dentro.

El profesor, que en aquellos años había ganado peso, que ya no tenía su figura atlética sino una prominente e irremediable barriga, que de cerca, bajo la luz naranja de las farolas, estaba demacrado y ojeroso, con los ojos llenos de algo indescriptible, se le adelantó y se interpuso en su camino.

—¿Qué pasa? –dijo Locke.

—Lo siento mucho.

El profesor sacó algo de su bolsillo derecho.

Y después se fue la luz.

Antes de abrir los ojos sintió el frío. Antes de sentir el frío sintió el dolor. La luz le atravesaba los párpados. Estaba tumbado en el suelo, con las manos atadas a la espalda y delante de él, matorrales bajos. Intentó ampliar su campo de visión pero sus músculos no respondían con normalidad.

—¡Eh! –gritó– ¿Hay alguien ahí?

A su alrededor se escuchaba el silencio de un jardín otoñal. Algún pájaro distraído antes de emigrar, y lo del fondo parecía el sonido de una pequeña fuente. Al cabo de un rato sintió una presencia a su espalda y alguien le quitó la cuerda de las muñecas. Se giró para dar las gracias, o para dar un puñetazo, lo que fuera, pero no pudo.

—Aún estás dormido, imbécil –le advirtió aquel tipo con un gran vozarrón.

—¿Quién eres? ¿Qué quieres de mí?

—Yo, nada. Ellos te dirán algo en su momento.

—¿Y quiénes son ellos?

El tipo se marchó. Locke se encontró junto a una pared y se incorporó sobre ella. Le dolían las muñecas, los brazos y la cabeza. Se palpó los bolsillos: le habían desvalijado. Ni dinero, ni tarjetas, ni móvil. El lugar empezó a resultarle familiar.

Al cabo de un rato escuchó que alguien le llamaba. Carlos García estaba tirado como él en otra de las esquinas de aquel jardín privado.

—¿Qué ha pasado, tío? –le preguntó Carlos.

—No tengo ni idea.

—Me duele la cabeza y tengo la boca seca.

—Debieron dormirnos, con cloroformo o algo así.

—¿Para qué?

Locke no sabía qué decir.

En ese rato descubrieron a Lorenzo Aguas, Marina Suárez y Manuel Arévalo aún dormidos y tirados en aquel mismo jardín, que Locke recordaba bien, cada vez mejor, aunque ahora estaba un poco más descuidado que entonces. Habían pasado muchos años. Arrastrándose por la pared llegó hasta Carlos y se tiró a su lado. Aún le fallaban las piernas.

—Sé qué sitio es este –le susurró–. Era el jardín privado del director del instituto.

—¿Cómo lo sabes?

—Porque venía aquí a ver a su hija.

—¿A verla?

—Subía por esa enredadera hasta su cuarto, es aquel balconcito, el de la segunda planta.

—Ya lo sé… Eres un capullo.

—¿Por qué?

—Yo salía con ella –Carlos tenía cara de loco y las gafas le aumentaban los ojos tanto que daba miedo–. Te odio tanto... No sé qué hemos hecho para estar aquí, pero seguro que tú te lo mereces.

Locke se alejó de él y decidió no hablarle más.

Tenía nauseas. El tiempo se estiró y se encogió, imposible seguirle el ritmo a través del pequeño trozo de cielo que quedaba visible entre los edificios. Además estaba muy nublado y el sol era un manchón gris. Al cabo de un rato empezó a chispear y Locke se refugió debajo de un roble. También había un falso plátano en el jardín. Los arbustos estaban mal recortados y entre ellos habían dejado de cuidar las flores, que la naturaleza había sustituido por hierbajos. Aún estaba la enredadera que recordaba Locke. Lo primero que hizo fue mirar la puerta del jardín que daba a la calle, una pequeña portezuela metálica que la hija del director le dejaba abierta las noches que pactaban para sus encuentros, pero que ahora había sido sustituida por un muro de ladrillos. La única entrada a aquel jardín debía ser por la casa del director.

Al cabo de un rato el dolor se fue amortiguando, pero tenía muchísima sed. Aún sin saber bien qué hacer, ni qué ocurría, se arrastró hasta la fuente e inspeccionó el agua. Escuchó una voz detrás de él.

—Puedes beber, yo lo hice antes. Sabe a cloro, pero creo que es agua corriente, no de la estancada –dijo Lorenzo.

Locke bebió hasta quedar exhausto. Después se incorporó un poco y se sentó en el trozo de pared junto a Lorenzo.

—¿Sabes qué está pasando aquí?

—No. ¿Carlos sabe algo?

—Creo que no, pero prefiero no hablar con él –admitió Locke.

—¿Por qué?

—Porque por lo visto su novia del instituto le engañaba conmigo.

—Vaya guarrada, tío.

—Diré en mi defensa que no lo sabía. Ésta es la casa del director. Yo entré aquí alguna vez por una puerta que había donde está esa tapia, y entonces el jardín estaba mucho más cuidado –se pensó comentar lo que había ocurrido en la casa de Andrés, pero ni él mismo sabía si eso tenía que ver, si era un castigo, una encerrona, una broma macabra o la más nefasta de las casualidades–. Eso es todo lo que sé.

—Ya sabes más que yo.

Locke se acercó a Marina, que aún estaba tirada en el suelo, echa un ovillo, pero despierta.

—¿Estás bien? –le dijo Locke.

—¿Crees que me habrán violado mientras estaba inconsciente? –preguntó ella.

—No lo sé… ¿te encuentras mal, o rara?

—No.

—Entonces supongo que no. ¿Te preocupa eso?

—No lo sé. Es que soy la única mujer, y no sé por qué.

—Yo tampoco lo sé.

—Creo que nos hicieron una encerrona, que lo del premio a los más exitosos era falso.

—Yo también lo creo, pero eso ahora no importa mucho. Sólo quiero salir de aquí.

—A mí sí me importa –se quejó Marina–. Me siento insultada.

—Te han dejado inconsciente, te han secuestrado, no sabes qué va a ser de nosotros y tienes miedo de que te hayan violado, ¿y lo que más te preocupa es que no te consideren exitosa de verdad?

—La verdad es que sí, eso es lo que más me duele.

—Lo que pasa es que estás confundida –dijo Lorenzo uniéndose a la conversación.

—No pienso hablar contigo, no sé si eres tú el que me ha violado –le dijo Marina sin moverse.

—¡Yo! … Yo no he hecho nada… ¿Y por qué no sospechar de los demás? Con Locke sí que hablas.

—Déjame en paz.

Manuel se les acercó desde el rincón.

—Bajad la voz, creo que nos observan.

—¡Pues claro que nos observan! –dijo Marina cada vez más enfadada.

—He visto sombras en aquellas ventanas.

—Seguro que son los profesores –dijo Lorenzo.

—¡Eso también es obvio! –insistió Marina.

—¿Te quieres callar? –dijo Lorenzo.

—Tenemos que buscar la manera de salir de aquí –dijo Manuel bajando aún más la voz–. Pero sed discretos.

—Podríamos volver cada uno a su rincón e inspeccionar desde allí –propuso Locke.

—Vale –dijo Manuel.

Y se dispersaron. Locke se acercó a Carlos aún a su pesar.

—Manuel cree que nos observan.

—No me hables.

—Venga ya... –se quejó Locke–. Esto es una cuestión de supervivencia y tú andas cabreado por algo que ocurrió en el instituto.

—De acuerdo –le dijo Carlos aún enfadado–. Ya sé que nos observan. Quién sabe para qué.

—Supongo que van a soltarnos en algún momento, por eso no se dejan ver.

—Espero que supongas bien. No quiero que lo último que haya hecho en mi vida sea hablar contigo.

—Lo mismo digo –le dijo Locke con cierto hartazgo–. Intentemos buscar por dónde escapar, cada uno por su lado. Después nos juntaremos otra vez. Y sé discreto.

Locke volvió gateando a su rincón. Se encontraba exhausto. Aún llevaba la chaqueta y la corbata, y tenía calor y estaba incómodo. Se las quitó y las dejó pulcramente dobladas a su lado. Quién sabe cuánto tiempo llevarían allí, y empezaba a tener hambre. Vio cómo Carlos se ponía de pie y se asomaba al cristal de una de las ventanas del patio. Locke quiso llamarle la atención. ¿Es que no sabía ser discreto? Pero entonces el matón, el tipo aquel que le había soltado las ataduras, entró de la nada al jardín y después de él, otro igual. Anchos de hombros, con la cara plana y redonda y la nariz rota, como viejos jugadores de rugby. Locke intentó correr hacia sus compañeros, pero antes de llegar uno de aquellos mastodontes le roció la cara con algo y cayó donde estaba. Y perdió el conocimiento.

Cuando abrió los ojos ya era de noche y volvían a dolerle las articulaciones y la cabeza, como la otra vez. Sea lo que fuera lo que utilizaban para noquearlos, les estaba dejando muertos. Estaba tirado en el mismo sitio donde cayó y en la misma postura. Levantó la cabeza lo que pudo y vio a Carlos en su rincón. Después se dejó caer bocarriba mientras notaba una opresión terrible en los brazos y en las piernas, y se quedó inconsciente de nuevo bajo las estrellas. No se oía nada. No se escuchaban coches más allá de la tapia ni gente hablando, solamente el ruido del agua de la fuente y un grillo nocturno, a pesar de que ya era otoño. Tenía frío, pero no se dio cuenta de ello.

Se volvió a despertar, un poco mejor y con la boca seca, y aún era de noche. Se arrastró con los codos hasta la fuente y bebió. Se puso de rodillas. El jardín estaba a oscuras, solamente un poco de luz de luna entraba de soslayo. Tampoco salía luz de las ventanas. Localizó a Marina, a Manuel a su lado y a Carlos en su rincón. Lorenzo no estaba. Locke se acercó a Manuel y a Marina y les zarandeó hasta que se despertaron. Les sacudió la cara. Les echó agua de la fuente, que estaba helada, hasta que volvieron en sí.

Manuel aún le miraba perdido.

—Lorenzo no está –le decía Locke.

—¿Cómo? –dijo Manuel volviendo en sí. Estaba claro que a él también le dolía la cabeza.

—No está, mira.

—¿Le has buscado?

—Aquí no hay donde esconderse. Tío, lo siento, me noquearon.

—A mí también, no me dio tiempo a nada.

Marina gimoteó y ellos se acercaron.

—¿Estás bien?

Estaba llorando.

Carlos se acercó a gatas hasta el grupo. Había mirado bien. Lorenzo no estaba, pero había visto de dónde habían salido los matones.

—Eso de ahí –dijo señalando una de las ventanas –es una puerta. No lo pude ver bien porque estaba desorientado, pero se abre desde dentro. Afuera tiene una cerradura, sin picaporte.

—Tal vez podamos forzar la cerradura –dijo Manuel–. Locke, tú has estado en el ejército.

—Sí, pero llevaba un fusil y granadas, y me entrenaron para abrir puertas a patadas.

—Entonces no sé qué vamos a hacer –dijo Manuel.

Amaneció, todos ellos muertos de hambre, y una de las ventanas se abrió. Carlos les gritó:

—¡Qué habéis hecho con Lorenzo! ¡Eh! ¡Contestad!

Desde la oscuridad del interior les tiraron una bolsa de plástico con un nudo, y cayó entre los matorrales. Locke se acercó el primero y la abrió. Dentro había cuatro bocadillos envueltos en papel de aluminio.

—Esto se está poniendo cada vez más siniestro –dijo Carlos cogiendo uno, desempapelándolo con ansia e hincándole un mordisco furioso–. Es de jamón y queso.

Locke se le quedó mirando.

—¿Aún más siniestro? –le preguntó. Pero Carlos ya sólo masticaba.

No pasó nada más el resto del día, que aún siguió nublado y húmedo. Chispeó otro rato más y todos se refugiaron tímidamente bajo los dos árboles. Desecharon la idea de trepar por ellos para intentar escapar, porque no tenían fuerzas, porque las ramas más bajas estaban podadas y porque por muy alto que subieran no podrían llegar a ningún sitio. Todas las ventanas que daban al jardín, incluido el balcón de la vieja amante, estaban cerradas y tapiadas. Se escuchaba las gotas chocar contra las hojas del roble, y contra el agua de la fuente. Llegó la noche y no dieron nada más de comer. Locke se moría de hambre.

No dejaba de pensar en todo lo que no podía saber. No sabía si Andrés había llegado a su casa la noche anterior, no sabía qué había encontrado, no sabía qué opinaba la policía a estas alturas, ni del cuerpo de Laura ni de su propia desaparición. Poco a poco empezó a convencerle la idea de que no sería tan recomendable salir de allí. Se había dejado las fresas en el taxi, las mismas fresas de las que Laura se manchó los labios, tal vez algún policía avispado tiraría del hilo. Tal vez algún vecino le vio salir de la casa. Esperaba que todos los policías de la ciudad fueran idiotas, lo esperaba con todas sus fuerzas, y esperaba que nadie se hubiera enterado de lo suyo aún.

No era muy probable que hubieran podido averiguarlo. No creía encontrarse allí como un castigo por aquel accidente, más bien creía en una estúpida, sádica y cruel casualidad. Inexplicable aún. Se quedó dormido sobre la tierra mientras barajaba posibilidades.

Se despertó al amanecer. Había tenido una pesadilla, había escuchado la puerta por la que salían los mastodontes y había intentado reaccionar, pero estaba ciego y solamente podía dar manotazos al aire. Estaba muerto de frío, de hambre y de sed. Meó en una esquina esperando que nadie le viera y después fue hasta la fuente.

Bebió y bebió, y no se saciaba. Tenía mucha hambre, porque desde el bocadillo de la mañana anterior no habían comido nada más.

Levantó la vista: Marina no estaba en el grupo. Manuel descansaba en una esquina, Carlos en su rincón de siempre. Marina no estaba. No había sido una pesadilla: les habían dejado inconscientes otra vez mientras dormían y se la habían llevado. Cada vez la muerte, o lo que viniera después de aquella tortura, se les acercaba más.

Entonces vio una diminuta baya que crecía entre dos arbustos, un pequeño matorral del que salían unos frutos que parecían fresas verdes, mucho más pequeñas y redondas. No los había visto los dos días anteriores, pero allí estaban ahora, apenas alumbradas por una luz opaca de antes del amanecer, suculentas y sugerentes. Locke se arrastró con los codos hasta ellas y acarició las hojas. Eran rasposas. Arrancó aquellas dos o tres fresas de la mata y se las llevó al agua de la fuente.

—Ni se te ocurra –escuchó decir a Carlos en un rincón.

—¿Por qué?

—Son venenosas.

—¿Cómo lo sabes? Son fresas.

—No lo son.

—No es verdad –dijo Locke después de un intervalo–. Quieres que las suelte para comértelas tú.

—Soy botánico, ¿recuerdas? Esas cosas te van a dar muchos dolores de estómago. Son alucinógenas.

—Son comida –y Locke se las metió en la boca y las masticó. Sabían amargas, cosa que no le dio muy buena espina, pero era comida, y él necesitaba comer.

—Enhorabuena, capullo. Ahora vas a morir –le dijo Carlos.

—Igual que tú y que los demás, me temo.

Y se echó bocarriba sobre la tierra húmeda, manchándose la ropa de barro. Empezó a chispear otra vez y dejó que las gotas le empapasen.

Pasó muchísimo tiempo. Terminó de amanecer, dejó de llover. Volvieron a tirar unos bocadillos en una bolsa por aquella ventana oscura. Marina, definitivamente, no estaba. Solamente había tres bocadillos.

A Manuel le dio un ataque de ansiedad. Se levantó y no dejaba de gritar y de insultar el aire. Golpeó los cristales de las ventanas oscuras, arrancó ramas y arbustos y los lanzó contra la puerta invisible, y los otros dos le dejaron hacer, demasiado derrotados, aunque su furia también los representara. Cuando paró de gritar se tiró en un rincón a llorar. Carlos y Locke se temieron el ataque inminente de los ex jugadores de rugby, pero no pasó nada. Y así desfiló el resto del día hasta caer la noche de nuevo.

Debería ser muy de madrugada cuando Locke se acercó a Carlos y le dijo:

—No me puedo dormir.

—¿Te duele el estómago? –dijo Carlos somnoliento.

—No.

—¿Te duele algo?

—No. Sólo soy incapaz de dormir.

—Estrés postraumático, supongo. No lo sé. Sólo soy un botánico.

—Siento como si la tierra temblase, como en un terremoto, Carlos.

—Eso son las putas fresas que te has comido, que son alucinógenas.

—¿Y qué pasará ahora?

—Pues que si son venenosas y te impiden el sueño, igual en cuatro o cinco días, con esta dieta, estarás muerto.

—Vaya –dijo Locke.

—¿El qué? –contestó Carlos.

—Esperaba haber muerto ya.

La noche se hizo eterna, minuto a minuto. Casi podía paladear los segundos descorrerse por su lengua. El agua le sabía a metal. El suelo no dejaba de temblar. Las tripas le rugían de hambre, pero más que rugir, las escuchaba tararear *La cabalgata de las Valkirias*, de Wagner.

—Estoy alucinado... –dijo Locke a la noche. Y la noche le respondió con una voz suave que tenía razón, toda la razón, y que nunca había dejado de tenerla. El cielo comenzó a clarear mientras él charlaba con unas lombrices carnívoras que se encontró entre los arbustos. Manuel y Carlos le miraban desde una esquina.

Como tontos, esperaron a que se abriera la ventana para lanzarles los bocadillos. Pero lo que vieron abrirse fue la puerta y echaron a correr a ningún sitio. Los dos hombres salieron, uno echó aquel espray sobre Manuel, y el otro sobre Carlos, y los dos cayeron al suelo inconscientes como dos sacos de piedra. Uno de ellos roció a Locke en el suelo, pero Locke no dejó de gritar y revolverse. El hombre le miró extrañado.

—¡Duérmete, idiota! –le gritó.

—No puedo... –susurró Locke, sorprendido aún– No puedo dormir...

El otro mastodonte se acercó a ellos.

—¿Qué ocurre? –le dijo a su compañero.

—No se duerme.

—¿Le has echado el espray?

—Pues claro –le dijo el otro molesto.

—Pues peor para él.

Le agarraron del cuello de la camisa como si fuera una pluma, le arrastraron por el barro mientras pataleaba, y le lanzaron hacia el interior de la casa, que estaba fría y oscura.

Y allí estuvo un buen rato temblando, sobre el suelo, hasta que escuchó unos pasos venir hacia él desde la lejanía, y se encendió una luz, y la sala se llenó de mesas, y sillas, y un sofá de color verde, y vio a Laura y a sus delicadas y blancas piernas, y a sus pies descalzos sobre el frío suelo, que se sentaba en él.

—¿Tú? –dijo Locke tirado en el suelo.

—Siéntate ahí –le dijo Laura señalando una silla. Locke obedeció. Laura aún tenía la bata de seda con la que murió, y aún la tenía desabrochada.

—¿Qué has hecho?

—No lo sé, Laura, lo siento –fue todo lo que pudo decir–. No quería que acabases así, pero fue inevitable, tienes que entenderlo...

—Locke, ¿me reconoces?

Laura se empezó a desvanecer y en su lugar apareció una mujer mucho más mayor, mucho más vestida, con un jersey negro y el pelo recogido. Locke la reconoció.

—Profesora Mercedes... –dijo asombrado–. ¿Lleva aquí todo el tiempo? ¿Aún sigue dando clases de Literatura? ¿Por qué está aquí? No, no... lo que debo preguntar es... ¿por qué estamos *nosotros* aquí? ¿Y por qué Lorenzo y Marina no están? O mejor dicho... ¿dónde están?

Ella le hizo un suave gesto para que callara.

—Estás drogado –le dijo.

—No, han sido las fresas, Carlos tenía razón, tenía que haberle hecho caso. Qué pena que ahora vayamos a morir todos y no pueda decírselo. Aunque él dijo que no quería que lo último que hiciese en esta vida fuera hablar conmigo, y a mí tampoco me parece una buena despedida, pero aún así me gustaría...

—Cállate, Locke –le cortó la mujer. Después se volvió a levantar y se fue por una puerta que estaba a su derecha. La puerta de su izquierda era la que daba al jardín, por donde le habían tirado.

La mujer regresó en unos minutos con un vaso en la mano.

—Tómate esto –le dijo de pie en la puerta, y Locke obedeció. Estaba salado.

—¿Qué es?

—Un remedio casero contra la resaca. Espero que te haga efecto –y se marchó, cerrando la puerta tras de sí. Locke se dejó caer en el sofá.

Al cabo de un rato la habitación dejó de dar vueltas, aunque aún se sentía aturdido, tal vez, pensó, por la falta de sueño. La mujer regresó. Escuchó sus tacones por el pasillo. Esta vez fue ella la que se sentó en la silla, y Locke en el sofá. Ahora él estaba mucho más sereno y más seguro de sí mismo.

—¿Ya no tienes alucinaciones? –le dijo la profesora Mercedes.

—Creo que no.

—¿A quién viste antes? ¿A Laura?

Locke guardó silencio.

—Laura es la mujer de Andrés, tu compañero –siguió ella–. Apareció muerta en su casa, en su dormitorio, la noche de la fiesta, pero tú no podías saberlo, porque estabas aquí. Ahora quiero que me digas por qué le pedías perdón.

—No voy a decir nada –dijo Locke–, si usted no me explica porqué llevamos varios días secuestrados en ese jardín.

—Parece que todos tenemos secretos aquí. La pena es que tú no tenías que estar despierto para hacer preguntas.

—¿Le puedo hacer una más?

La mujer asintió.

—¿Nos están matando, verdad? –dijo Locke.

—Eso espero, por el bien de todos –suspiró la mujer, y a Locke se le encogieron las tripas.

—¿Por el bien de todos? –preguntó de nuevo Locke, pero ella no dijo nada. Respiró hondo y echó la cabeza atrás en el sofá. Ella se levantó de su silla, se acercó a la puerta, echó un vistazo fuera, la volvió a cerrar y se sentó al lado de Locke en el sofá. Muy cerca de él, rozándole con las rodillas.

Ella levantó una mano y Locke se apartó. En vez de atacarle, le acarició el pelo y la cara con las yemas de sus dedos. Parecía otra, más lejana y más ausente. Locke pensó que tal vez tuviera una oportunidad.

—Me encantaban sus clases, ¿sabe? –dijo mientras ella aún le acariciaba.

—Y a mí me encantabas tú... pero esas cosas no se pueden decir –se rió con nostalgia–. Nunca se debe hablar de lo guapos, inteligentes y atractivos que son tus alumnos adolescentes...

—Pero ya no soy un adolescente...

—Necesitas una ducha –le dijo ella, como si en realidad estuviera manteniendo otra conversación–. Estás manchado de barro.

Él estiró su mano, le rodeó la cintura, y se recostó sobre ella.

—No sé qué ocurre –le susurró Locke–, pero si me saca de aquí con vida tal vez... tal vez se lo pueda recompensar... –y le besó en el cuello.

La mujer soltó un suspiro. Locke subió por el cuello hasta sus labios y le besó la boca. Pero ella se deshizo del abrazo y le miró a los ojos.

—No sabes lo que me hubiera gustado... pero no puedo hacerlo –le dijo–. Podría aceptar, pero te estaría engañando. Aún así tendrías que morir. Tú no lo entiendes, pero eso es lo que debe ser.

Se levantó compungida y se separó de él.

—Lo siento, Locke –dijo la mujer–. Todos lo sentimos cuando conocimos que ibas a ser tú. Siempre fuiste tan especial... Nadie que haya pasado cerca de ti puede olvidarte. Pero él decide, y es inevitable.

—¿Quién, Mercedes? ¿Quién decide?

—No tendrías que estar despierto. Aunque me alegro de haberte visto una última vez.

Se marchó y le dejó solo y a oscuras. A los pocos minutos los dos mastodontes entraron en la habitación y le golpearon en el estómago. Locke cayó al suelo y ellos aprovecharon para atarle las manos y las piernas con una cuerda de tender la ropa. Uno de ellos le amordazó. El otro se lo echó al hombro como un saco viejo y salieron por la puerta.

En la calle lucía un sol gris, Locke no podía verlo, pero sí intuirlo. Él veía el suelo. Los adoquines grises y el gris del asfalto. Su fin del mundo iba a ser gris. Deseaba con todas sus fuerzas no haberse comido las fresas y estar inconsciente, o muerto del todo. No quería saber aquello. Le lanzaron, como era costumbre, a la parte de atrás de una furgoneta blanca y arrancaron. El viaje duró pocos minutos, con varias curvas y pocos acelerones. Al salir estaban delante del viejo y ruinoso instituto.

Estaba igual que siempre, a excepción de los escombros y los andamios de la fachada, y de los puntales que sujetaban el techo de la entrada. La entrada, la sala de los conserjes, la cafetería a la derecha, la biblioteca a la izquierda. Las escaleras, el color de las paredes, todo tomó consistencia en su cabeza, y medio alucinado aún, creyó volver a escuchar el ruido de los pasillos entre clase y clase. Los hombres que le llevaban a cuestas se mojaron las rodillas porque la planta baja estaba inundada y olía a cloaca. Le subieron al segundo piso y le dejaron tirado en la primera clase del ala derecha, la que daba al patio. Aún conservaba la mesa y el sillón del profesor, y en él estaba sentado el director. Levantó la cabeza como pudo y junto a la ventana estaban los demás profesores, en penumbra y en silencio. Se le puso la piel de gallina. Faltaba Mercedes, con la que había hablado en la casa, pero todos los demás estaban allí. Todos los que habían estado en la fiesta, alegres y graciosos, entregando aquellos estúpidos premios. El director habló.

—Emi, por favor, quítale la mordaza.

La profesora de Biología se acercó y le destapó la boca.

—No quiero saber por qué estás despierto –dijo el director–, porque eso lo supongo. En mi antigua casa crecen unas bayas venenosas que causan insomnio y alucinaciones, eso lo sé. Lo que me parece increíble es que te las hayas comido.

—Nos mataban de hambre –dijo Locke con desprecio.

—No deberías estar despierto. Para tu propio bien, lo digo –luego se quedó callado un momento–. Está bien, no está dentro del protocolo, pero da igual. Haremos un trato, si te parece. Si me contestas a unas preguntas te contaré de qué va esto. Vas a ser el único que tenga esta oportunidad, los demás nunca llegaron a saberlo.

—¿Y por qué debería aceptar si me van a matar igual?

—Porque puedes elegir entre morir en la más absoluta oscuridad, a ciegas y con miedo, o morir conociendo el motivo de tu muerte.

Locke aceptó.

—Qué quiere saber –dijo al director.

—Llevamos todo este rato especulando y no encontramos solución. Quiero saber por qué le pediste perdón a la esposa muerta de Andrés que viste en tu alucinación.

—No sabía que estaba muerta –mintió.

—No estoy yo seguro de eso.

—Me lo contó la profesora que estaba en la casa.

—Cuando Andrés llegó borracho a su casa se la encontró muerta. La policía cree que se golpeó el cuello con el pie de la cama. Pero parece ser que tú sabes algo más.

—No, yo no sé nada más.

—¿Y por qué alucinaste con ella entonces?

—Porque... –se aventuró a decir– tuve una aventura con ella.

—Con la mujer de tu socio.

—Sí. Sé que estaba mal.

—Si no te conociera te creería –dijo el director–, pero Locke, vamos, eres tú. Tú nunca pides perdón a las mujeres a las que seduces y engañas, ni a las que obligas a que engañen a sus maridos y destrocen sus familias. Llevamos mucho tiempo siguiéndote. Sabíamos lo de la mujer de Andrés y además, yo sé que no tienes corazón.

Locke no sabía qué decir.

—¿Llevan tiempo siguiéndome? –preguntó al final.

—Casi un año. Rebuscamos en tu basura y controlamos tus e–mails.

—¿Por qué?

—Porque hacía quince años que no sabíamos nada de ti. Y además necesitábamos un objeto personal.

—¿Para qué?

—Para él. No me mires así, te lo contaré. Aunque creo que no has sido del todo sincero en tu parte del trato.

«Ni lo iba a ser ya jamás», pensó Locke.

—Sí lo he sido –dijo Locke.

—No me lo creo. Sé cuando los alumnos me engañan.

Pero Locke no dijo nada más. Tan sólo entornó los ojos y observó la fila de profesores que le miraban con pena y resignación. Y el director, después de unos segundos, decidió que no podría sacarle más información y siguió hablando.

—Llevamos años sin dormir bien, ninguno de nosotros. No te puedes hacer una idea del peso de la culpa que cae sobre nuestros hombros por toda esta cuestión… Pero somos víctimas, como vosotros. Víctimas con las manos manchadas de sangre. Espero que algún día nos perdonen. No es que no se pueda derruir el edificio, no causaría ningún daño, pero obligamos a los técnicos a mentir. Es mejor que esto se quede como está. Todo empezó por las obras de ampliación del gimnasio. Cavando los cimientos dimos con un antiguo yacimiento arqueológico, una maravilla… prerromano, ¡no te lo puedes ni imaginar! Era fabuloso. Una cueva subterránea, tapiada con una hermosa roca tallada con inscripciones y dibujos, llevaba años debajo de nuestro gimnasio. Debimos esperar a los técnicos para abrirla, pero fuimos atrevidos, insensatos y salvajes. Nos juntamos una noche para moverla antes de que nadie viniese para llevársela. Era nuestro tesoro.

Siete de los profesores y el director se reunieron aquella noche en la sala con faroles, con palancas y cuerdas, y sin querer esperar a los arqueólogos, apartaron la roca. En cuanto movieron los primeros cinco centímetros supieron que habían hecho mal. Un rugido prehistórico y sobrehumano surgió de aquel interior oscuro, como una bestia salvaje que acababa de cazar a su presa. Un murmullo terrorífico y brutal que trajo el viento. La tierra tembló, y fue entonces cuando la estructura del edificio se desquebrajó, y reventaron las cañerías del agua y se inutilizaron los cables de la luz. Todo el gimnasio y la planta baja se inundaron en pocos minutos en medio de aquella siniestra oscuridad. Salieron como pudieron, muertos de miedo.

Nada más se pudo hacer por el edificio. Y decidieron guardar su destrozo, inexplicable, en secreto. A la semana, Ignacio, uno de los profesores de matemáticas, cayó enfermo. Los médicos dijeron que tenía la peste, la peste negra, la medieval, y era inexplicable. Toda su familia cayó detrás de él. Todos murieron. Al director le permitieron pasar a verle la noche antes de su muerte, y el profesor agonizaba entre escalofríos y delirios. Habló con una voz que no era la suya, un rugido parecido al que salió aquella noche de la cueva. El director le llamó por su nombre, pero Ignacio no contestó. Yo no soy Ignacio, dijo. Entonces quién eres, dijo el director. Yo soy la muerte, fue lo que susurró. Y se murió. Algunos pocos locos, después de eso, incluido el director, se acercaron a la cueva inundada otra noche, armados con lámparas y machetes. El director se puso allí delante y preguntó a la oscuridad su nombre. La oscuridad respondió «Tagotis». El director le preguntó qué quería. La oscuridad respondió «traedme carne fresca, cinco valientes a mi sacrificio, o desataré las siete plagas sobre las cuatro esquinas del mundo».

Habían despertado a un dios infernal. Por eso los íberos, sabiamente, tapiaron la entrada, y ellos, necios del todo, abrieron la puerta del mal.

Desde entonces, cada tres años, se reúnen para ofrecer en sacrificio a cinco valientes, o a cinco alumnos de las antiguas promociones, como decidieron solucionarlo. Se pasan meses buscándolos a todos, recuperando algún objeto personal de la basura, o de sus casas, para ofrecérselos a él, y él decide.

—Cuando en esta ocasión te escogió a ti, cuando se llevó la camiseta vieja que habíamos recuperado de tu basura, estuvimos a punto de ceder y abandonar. Todos te apreciábamos, Locke. Eres de esas pocas personas que a veces existen, que son únicas y valiosas sin ningún motivo aparente. Pero es lo único que podemos hacer –dijo el director–. Entiende que mueres por un bien superior a ti, para evitar un mal mayor.

Locke se revolvió, intentó levantarse, se empujó con los pies por el suelo hasta el final de la clase. Gritó, se quejó, lanzó mordiscos al aire, pero los mastodontes pudieron con él y volvieron a cogerle en volandas. Antes de sacarle de la clase vio al director hundiendo la cabeza entre los brazos.

—Por eso tienen que estar dormidos para enfrentarse al monstruo...

El monstruo.

Bajaron a Locke por las sucias escaleras. Los profesores, todos ellos, detrás. Uno se adelantó y abrió con una llave la puerta del gimnasio. Le pusieron a Locke una capucha negra. «Adiós», le pareció escuchar.

Notó el agua fría y estancada hasta su cadera. Sus manos y sus pies se desataron, él se levantó de un salto y cuando se quitó la capucha estaba solo. El gimnasio estaba oscuro y olía a cloaca. No se escuchaba nada más que un lejano goteo. Intentó salir, pero habían cerrado la puerta. Intentó correr hacia el otro extremo del gimnasio, donde recordaba que una puerta daba al patio, pero era difícil correr con el agua hasta las rodillas.

Pisó algo en la negrura que le hizo tropezar y caer, y allí abajo, a cuatro patas sobre el suelo inundado, sintió el agua temblar a su lado y el aliento de algo en su nuca.

Se giró. Detrás de él se erguía una enorme y apestosa rata de color gris, que se sostenía sobre sus patas traseras y le sobrepasaba en altura. Tenía los ojos llenos de algo indescriptiblemente humano. «Las fresas», susurró Locke, «esto debe ser por las fresas».

CPSIA information can be obtained at www.ICGtesting.com
Printed in the USA
LVOW111129071011

249565LV00002B/9/P

9 788492 726585